Wünsche

SO SCHWARZ WIE

Ebenholz

ANNE DANCK

Bibliografische Information der Deutschen Nationalbibliothek: Die Deutsche Nationalbibliothek verzeichnet diese Publikation in der Deutschen Nationalbibliografie; detaillierte bibliografische Daten sind im Internet über http://dnb.dnb.de abrufbar.

TWENTYSIX
Eine Marke der Books on Demand GmbH

©2022 Anne Danck

Herstellung und Verlag:
BoD – Books on Demand, Norderstedt

ISBN: 978-3-740-70810-8

Illustrationen: Anne Danck
Satz & Layout: Anne Danck
Cover: M. D. Hirt

Einige Kurzgeschichten wurden bereits in anderen Anthologien veröffentlicht (vollständige Liste am Ende des Buches) und haben daher weitere Mitwirkende für Lektorat und Korrektorat.

Wenn du intelligente Kinder willst, lies ihnen Märchen vor. Wenn du noch intelligentere Kinder willst, lies ihnen noch mehr Märchen vor.

Albert Einstein

Inhaltsverzeichnis

Vorwort

Viele sagen, dass Märchen zum Träumen verleiten. Mich haben sie schon immer zum Nachdenken gebracht. Mich herausgefordert, eine andere Perspektive zu finden, die Logik-Lücken zu schließen oder sie auf unsere Zeit zu übertragen.

Was passiert, wenn man sich seine:n Partner:in nur anhand der Schuhe auswählt, ganz wie bei Aschenputtel? Oder in der Zukunft vielleicht mit Hilfe des ökologischen Fußabdruckes ausfindig macht?

Müssten nicht sämtliche Märchenfiguren im Gefängnis landen, bei dem, was sie alles getan haben? Oder sind die Bösen gar nicht wirklich die Bösen und es handelt sich um ein Beispiel von »die Siegreichen diktieren die Geschichte«?

Aus diesen und anderen Gedanken sind achtzehn Texte entstanden: die meisten Kurzgeschichten, aber auch drei kurze Theaterstücke und ein Ratgeber. Sie nehmen die Märchen, ihre Figuren und Motive auseinander und setzen sie neu wieder zusammen. Manchmal unterhaltsam, manchmal auch düster und bedrückend wie die Originalmärchen. Da gerade die finsteren Seiten nicht für jede:n etwas sind – oder vielleicht die richtige Stimmung verlangen –, befindet sich am Ende des Buches eine Übersicht der Inhaltswarnungen (Seite 195) zu den einzelnen Texten.

Ich hoffe, dass die Geschichten auch Dich zum Nachdenken anregen. Oder zumindest gut unterhalten.

Auf lohnende Lesestunden,

Anne Danck

Ein schwarzer Bildschirm, nur das Wort »Kaffeeklatsch« steht am oberen Rand. Nach und nach ploppen immer mehr Rechtecke auf, in denen sich Personen bewegen. Eine Videokonferenz. Klein in der Ecke jedes Rechtecks leuchten die Namen: Rumpelstilzchen, Kleine Meerjungfrau, Prinzessin auf der Erbse und Gevatterin Tod. In einem Rechteck ist nur ein leerer Raum und eine dampfende Tasse zu sehen.

Begrüßungen gehen wild durcheinander, viele winken aus ihrem Rechteck und grinsen.

RUMPELSTILZCHEN: Wie schön, dass ihr es einrichten konntet, trotz der Situation. Mir fällt hier wirklich die Decke auf den Kopf.

KLEINE MEERJUNGFRAU: Gevatterin Tod fehlt noch.

GEVATTERIN TOD: Bin da. Aber die Kamera kann meine Präsenz nicht abbilden.

KLEINE MEERJUNGFRAU: Sagst *du*. In Wahrheit sitzt du nur neben der Kamera, weil du zu faul warst, dir was anzuziehen.

GEVATTERIN TOD: Sagt die, die immer nur halb bekleidet herumläuft.

KLEINE MEERJUNGFRAU: *(Grinsend.)* Bitte? Das ist Kulturgut.

RUMPELSTILZCHEN: Genau das. Genau das habe ich vermisst. Es tut verdammt gut, euch alle zu sehen. *(Hebt seine Tasse.)* Auf unsere Kaffeerunde!

KLEINE MEERJUNGFRAU: Auf das Treffen der nicht so anonymen Koffein-Abhängigen!

ALLE *heben ihre Tassen. In dem Video von Gevatterin Tod bewegt sich die Tasse scheinbar schwerelos in die Luft. Alle trinken. Einzelne wohlige Seufzer.*

GEVATTERIN TOD: Teufelszeug.

PRINZESSIN AUF DER ERBSE: Stimmt. Wir sollten weniger davon trinken. Ich habe deswegen ständig Schlafprobleme.

GEVATTERIN TOD: Weniger? Und wie soll ich dann meine Arbeit schaffen? Der Tod darf nicht schlafen, der Tod ist immer und jederzeit bereit.

KLEINE MEERJUNGFRAU: Es sei denn Der-dessen-Name-niemand-wissen-darf lädt zum Kaffeekränzchen ein.

GEVATTERIN TOD: Kaffee muss sein.

RUMPELSTILZCHEN: Er ist der treue Retter in der Not. Hatte ich euch schon mal von dem einen Mädchen erzählt, dass mich vollkommen verzweifelt angerufen hatte, weil sie innerhalb eines Tages und einer Nacht –

ALLE ANDEREN GLEICHZEITIG: Eine Scheune voll Stroh zu Gold spinnen sollte.

RUMPELSTILZCHEN: Jaha. Aber habe ich euch auch erzählt, wie ich es geschafft habe, die ganze Nacht durchzuarbeiten? *(Deutet auf seine Tasse.)* Kaffee ist Magie.

KLEINE MEERJUNGFRAU *prustet los.*

RUMPELSTILZCHEN: Aber hallo! Was denkst du denn, was euch danach den Kopf prickeln lässt? Reine Magie! Ich bin nur der Einzige, der sie auch direkt wieder rauslassen kann. *(Er macht eine Handbewegung, woraufhin sich das Video in einem goldenen Glitzerschauer auflöst.)* Ach Mist. Schon wieder.

PRINZESSIN AUF DER ERBSE: *(Belustigt.)* Vielleicht solltest du auf weniger starken Kaffee umsteigen.

RUMPELSTILZCHEN: Wenigstens können wir diesmal deswegen nicht rausgeworfen werden. Wisst ihr noch letztes Mal im Café von Rotkäppchens Großmutter ...?

ALLE *starren für einen Moment sehnsüchtig in die Ferne.*

GEVATTERIN TOD: Ach ja, damals.

PRINZESSIN AUF DER ERBSE: Als man noch in Cafés gehen konnte.

KLEINE MEERJUNGFRAU: Da tauscht man extra den Fischschwanz gegen Beine, um in ein Café gehen und vernünftigen Kaffee aus der Siebträgermaschine trinken zu können – nicht dieses von Meerwasser durchsuppte Zeug – und dann bricht eine Pandemie aus und sie machen alles dicht. Just my luck.

PRINZESSIN AUF DER ERBSE: Aber deswegen ja diese Runde

hier. *(Hebt wieder die Tasse, um allen zuzuprosten.)*

RUMPELSTILZCHEN: *(Springt auf.)* Ich brauch mehr Kaffee. *(Verschwindet aus dem Bild.)*

Das laute Knirschen und Rattern eines Vollautomaten startet und sprengt für einige Minuten jegliche Unterhaltung.

KLEINE MEERJUNGFRAU: *(Schreit.)* Mach dein Mikro aus, du Depp!

Dann wird es still und Rumpelstilzchen erscheint wieder.

KLEINE MEERJUNGFRAU: Apropos Café: Die Großmutter hat sich vor ein paar Tagen einen Scherz erlaubt und statt einer normalen Mund-Nasen-Bedeckung gleich eine Vollmaske – so eine aus Silikon – übergezogen. Hat ihre Enkelin fast zu Tode erschreckt, als ihr ein Wolf geöffnet hat. *(Sie kichert.)*

GEVATTERIN TOD: Das hätte ich ihr gar nicht zuge-

Stille.

RUMPELSTILZCHEN: Gevatterin Tod?

GEVATTERIN TOD: Wieder da. Sorry. Das WLAN hier im Jenseits ist ständig überlastet.

KLEINE MEERJUNGFRAU: Wie wir alle.

PRINZESSIN AUF DER ERBSE: Manche drehen auch schon voll am Rad.

RUMPELSTILZCHEN: Mein Nachbar führt den ganzen Tag lang seine Ziege aus, weil das ein gültiger Grund ist, um das Haus zu verlassen. Er hat sie sogar darauf trainiert, bei einer Kontrolle zu behaupten, sie hätte noch nichts gefressen.

PRINZESSIN AUF DER ERBSE: Oder habt ihr von den zwölf Prinzessinnen gehört? Die haben sich wohl nächtelang mit Kaffee zugedröhnt und in ihrem Schlossflügel Party gemacht. Ihr Vater wollte erst gar nicht glauben, dass sie wirklich nur unter sich waren.

KLEINE MEERJUNGFRAU: Was gibt es denn bei euch Neues? Irgendwelche Partys?

GEVATTERIN TOD: Ich hab nur gearbeitet.

PRINZESSIN AUF DER ERBSE: Bei mir passiert nichts, das ist ja das Problem. Ich habe vor Langeweile schon angefangen, meine Wohnung aufzuräumen. Ihr glaubt nicht, was ich alles unter meinem Bett gefunden habe … Gruselig, sag ich euch.

RUMPELSTILZCHEN: Ich bin weiter in Kurzarbeit. Zu viel Freizeit. Heute back ich, morgen brau ich, ihr wisst schon.

KLEINE MEERJUNGFRAU: Same here. Vielleicht sollte ich das mit dem Aufräumen auch mal versuchen.

RUMPELSTILZCHEN: Ich freu mich schon drauf, wenn wir uns wieder in echt sehen können.

KLEINE MEERJUNGFRAU: Wieder guten, echten Café-Kaffee trinken.

GEVATTERIN TOD: Dann werden wir hier drüber erzählen: Weißt du noch damals, als wir uns online treffen mussten, um zusammen Kaffee zu trinken?

KLEINE MEERJUNGFRAU: Und Gevatterin Tod nackt am Rechner saß.

RUMPELSTILZCHEN: Es war einmal vor langer Zeit …

ALLE *starren für einen Moment sehnsüchtig in die Ferne.*

GEVATTERIN TOD: So, mein Kaffee ist alle. Ich muss wieder los.

RUMPELSTILZCHEN: Na dann, bis nächste Woche. Gleicher Tag, gleiche Zeit?

Das Geisslein aus dem Uhrenkasten

Es hämmerte gegen die Tür. »Aufstehen!« Peter zählte die Sekunden. Fünf waren es, dann erklang das gleiche Pochen, der gleiche Ruf gedämpfter an der nächsten Tür. Wieder fünf Sekunden und noch einmal: »Aufstehen!«

Das Zimmer war so dunkel, dass der Lichtstreifen unter der Tür grell wirkte. Peter streckte sich und gähnte. Leises Rascheln und Stöhnen erfüllte das Zimmer, während sich die anderen drei Kinder aus ihren Betten schälten. Das Holz ächzte, als sich Peter vom Hochbett schwang und nach unten stieg.

»Au, das war mein Arm!«, jaulte Jonah auf.

Hastig trat er zur Seite – und rutschte fast auf Janets Matratze aus. »'Tschuldigung. Tut mir leid. Verzeihung.« Er stolperte zum Tisch und fand endlich die Streichhölzer, um eine Kerze zu entzünden.

»Danke, du Tollpatsch«, meckerte Jonah. »Jetzt muss ich die nächsten Stunden gegen die Verwandlung ankämpfen. Nur wegen dir.«

Er hatte Recht. Peter hätte nicht vergessen dürfen, dass zwei von ihnen seit gestern ihre Matratzen nebeneinander auf dem Boden hatten. Im Kerzenschein waren die Kratzer in der Wand nicht mehr zu übersehen – dort, wo tags zuvor noch das zweite

Hochbett gestanden hatte. Bevor es einem der Erzieher gelungen war, Sarah nach draußen und in eine Verwandlungszelle zu bringen.

Peter kletterte zurück auf sein Bett und stopfte Bettlaken und Decke fest, bis sie faltenfrei waren. Dann strich er das Kissen glatt, stieg wieder hinab, schlüpfte in die Schuhe und reihte sich hinter den anderen ein – balancierte mit den Füßen hintereinander im schmalen Spalt zwischen den beiden Matratzen.

Hundertzehn Sekunden später ging die Tür auf. »Guten Morgen.« Erzieher West maß erst die Kinder, dann die ordentlichen Betten.

»Guten Morgen«, antworteten sie im Chor.

»Report«, befahl Erzieher West.

»Keine Vorkommnisse«, antwortete Janet ganz vorn.

»Keine Vorkommnisse«, wiederholte Timothy hinter ihm.

»Peter ist mir auf den Arm getreten.« Jonahs Stimme troff nur so vor Empörung.

»Und wie fühlst du dich deswegen?«

Eine Pause von drei Sekunden. Dann: »Ich bin der Stein, aus dem die Berge gemacht sind. Mich berührt nichts, mich verletzt nichts, ich bin stark und beständig und unerschütterlich.«

»Und was ist passiert, als Peter auf dich getreten ist?«

»Nichts. Ich bin vorher Stein und nachher Stein, egal, wer auf mich tritt.«

»Gut. Peter?«

»Es war ein Versehen. Es war dunkel.«

»Hast du Schuldgefühle deswegen?«

Peters Antwort war mehr an Jonah gerichtet als an irgendjemand anderen. »Ja«, sagte er und wusste, es war die falsche Antwort.

An Erzieher Wests Auge zuckte ein Muskel. »Hast du Schuldgefühle deswegen?«

»Nein, denn ich bin der Stein, aus dem die Berge gemacht sind«, sagte Peter diesmal, weil es der einzige Weg war, aus dieser Befragung wieder herauszukommen. Und weil er wusste, dass Erzieher West daran glaubte, sie alle dadurch schützen zu können.

»Mich berührt nichts, mich verletzt nichts, ich bin stark und beständig und unerschütterlich.«

»Selbst wenn du dich aus Schuldgefühlen verwandelst, ist es dennoch eine Verwandlung«, erinnerte Erzieher West sie streng. »Und danach werden die Schuldgefühle nur größer.«

»Der schämt sich nie für die Verwandlung«, murmelte Timothy.

»Höre ich da etwa einen Vorwurf?«

Timothys Schultern strafften sich. »Nein.«

Erzieher West musterte sie alle der Reihe nach. »Ich erwarte rechtzeitig Meldung.«

Sein üblicher Befehl. Was er tatsächlich damit meinte, war: Wenn bei einem von ihnen das Zittern losging, das erste Anzeichen, dass eine Verwandlung bevorstand, dann sollten sie Bescheid sagen. Dann würde man sie vorsorglich in eine der Zellen sperren, wo sie niemandem etwas anhaben konnten, während die Krankheit die Kontrolle übernahm und sie zur Bestie wurden.

Peters heimliche Vermutung war, dass diese Maßnahme den Beginn der Verwandlung beschleunigte. Denn was konnte schlimmer sein, als jemanden mit der Angst vor dem, was kam, allein zu lassen? Er hatte beschlossen, seine Krankheit nicht zu fürchten. Es war nur Angst vor der Angst. Und wenn er irgendetwas wollte, dann nie wieder Angst haben.

Peter nahm seinen Teller mit Rührei entgegen und steuerte auf die langen Tische zu. Sein Blick suchte zwischen den gesenkten Köpfen nach den zwei Zöpfen, die eigenwillig hüpften, wenn sie sich vorbeugte, um von ihrem Löffel zu essen. Doch er fand nur den Wuschelkopf von Janet.

»Ist Sarah immer noch nicht zurück?«, wollte er wissen und drängte Niklas zur Seite, um sich neben Janet zu setzen.

Janet verdrehte die Augen, als würde sie ihn für begriffsstutzig halten. »Wenn sie nicht hier ist ...«

Also saß sie immer noch in der Zelle. »Ich bringe ihr Frühstück vorbei.«

Peter war gerade dabei, sich wieder zu erheben, da zog ihn Janet zurück auf die Bank. »Sie wird schon satt werden. Sie füttern die Bestien doch immer, wenn sie sich verwandeln.«

Ja, das taten sie, denn es beschleunigte die Rückverwandlung. Alles, was zum Wohlbefinden der Bestie beitrug, beschleunigte die Rückverwandlung. Aber wenn sie schon wieder menschlich war und sie sie vorsorglich dort behielten? Wenn sie die Nachricht vom zerstörten Hochbett und Timothys Beinahe-Verletzung so beunruhigt hatte, dass das Zittern erneut eingesetzt hatte? Dann bräuchte sie Gesellschaft, es könnte noch Stunden bis zur nächsten Verwandlung dauern. Man wusste nie genau, wie viel Zeit einem blieb.

»Mach bitte keinen Aufstand«, meinte Janet. »Sarah würde das nicht gefallen.«

Peter schnaufte. Vielleicht würde es ihr helfen, wenn er kam und sie sich darüber aufregte ... Es würde die Bestie schneller freisetzen. Schneller dafür sorgen, dass es vorbei war. Oder würde sie glauben, er wäre nur gekommen, um zu beweisen, dass ihm die Verwandlung keine Angst machte? Dann würde sie ihn womöglich wie bereits einige andere meiden.

Dabei stimmte das nicht, die Bestien machten ihm genauso viel Angst wie allen anderen. Auch er hatte einen Teil seiner Familie an sie verloren, auch er hasste es, infiziert zu sein. Es war sinnvoll, dass sie in diesem Heim waren, wo es ausgebildete Erzieher gab, die Tag und Nacht über sie wachten. Er fürchtete die Bestien ebenfalls, er fand es nur nicht so schlimm wie alle anderen, selbst eine zu werden.

Peter stocherte in seinem Rührei, vor seinem inneren Auge die hungrige Sarah in der kalten Steinzelle. Das war nicht fair! Waren sie mit der Krankheit an sich nicht schon genug gestraft?

Mich berührt nichts, mich verletzt nichts, ich bin stark und beständig und unerschütterlich, drängte es sich ungewollt in seine Gedanken.

Aber er fürchtete die Bestie nicht. Mechanisch schob er sich eine Gabel Ei in den Mund und kaute.

Draußen ertönte plötzlich Geschrei. Gepolter. Die Erzieher, die zwischen den Tischen auf und abgingen, warfen sich Blicke zu.

Dann wurde etwas durch das Fenster oben unter der Decke geworfen und landete nur wenige Meter neben Peter auf dem Tisch, Flammen züngelten daraus hervor. Mehrere Kinder schrien auf und stürzten fort von ihrem Essen. Peters Blick folgte einem weiteren Brandgeschoss, das Jonah nur um Haaresbreite verfehlte. Das Geschrei draußen wurde lauter. Peter konnte eine Art Schlachtruf ausmachen, er verstand nur die Worte nicht.

Die Vordertür knallte, splitterte. Jemand schrie. Mehrere Erzieher rannten los, zogen ihre Schwerter. Da schwappte ihnen bereits die erste Horde des wütenden Mobs entgegen. Wie gelähmt sah Peter zu, wie sie mit Spaten, Knüppeln und Mistgabeln auf die Erzieher eindroschen. Auf die Erzieher ... und dann auf die Kinder.

Einer der größeren Jungen versuchte, sich vom Tisch zum Fenster hinaufzuziehen, und schnitt sich die Finger an der zerbrochenen Scheibe blutig. Einige wenige waren geistesgegenwärtig genug, sich ein Messer zu schnappen, doch dann wussten sie nicht, was sie tun sollten. Timothy stand da wie gelähmt, die Klinge in seiner Hand kaum mehr als ein Spielzeug. Niklas blickte auf seine zitterten Finger und stürzte dann in die andere Richtung davon – brachte Abstand zwischen die Angreifer und die Bestie, die er eventuell werden würde. Janet verkroch sich unter dem Tisch, schlang die Arme um den Kopf und begann, sich vor und zurück zu wiegen.

Peters Herz klopfte wild in seinem Hals. Er sah, wie sie Timothy packten, an ihm zerrten und auf ihn einschlugen. Sah Jonah, der mit einem blutigen Fleck auf der Stirn zusammensackte.

Einen der Erzieher mit einer Mistgabel im Unterleib.

»Ungeheuer!«, hörte er sie rufen. »Mörder! Bestie!«

Die eisigen Finger der Angst drückten Peter die Luft ab. Wie damals. Als sie über das Dorf hergefallen waren, sechs Bestien mit den Hörnern und Hufen einer Ziege, aber dem Gebiss eines Raubtieres. Es waren nur sechs gewesen, aber sie hatten getötet, was ihnen vor die Nase kam. Auch seine Mutter. Er versteckte sich im Uhrenkasten und vergaß vor Angst zu atmen. Eine von ihnen roch ihn trotzdem. Zehnmal tickte das Uhrenpendel von einer Seite zur anderen, dann zersplitterte die Tür und die Bestie zog ihn am Bein heraus, versenkte die Zähne tief in seinem Fleisch. Er schrie. Und schrie. Er schrie noch immer, als die Bestie blutend auf ihm zusammenbrach, sein Vater mit der erhobenen Axt dahinter.

Ein paar Tage später hatte sein Vater herausgefunden, dass Peter infiziert war. Er war wortlos aufgestanden und hatte die Axt geholt. Wäre seine Schwester nicht gewesen, hätte er nicht einmal dieses zweite Leben im Heim bekommen.

Peter hatte nie wieder solche Angst empfinden wollen. Nie mehr der Gejagte sein wollen, der Gehasste. Doch jetzt war alles wieder da. Die Angst. Das Blut. Das Geschrei. Das Sterben. Und es gab keinen Uhrenkasten, in dem er sich hätte verstecken können.

Er begrüßte das Zittern, als die Bestie in ihm seine Hände übernahm. Es war eine Erleichterung, eine Erlösung. Es breitete sich rasch in ihm aus, denn er leistete keinerlei Widerstand. Nur noch wenige Herzschläge und Erinnerungen und Angst würden von ihm abfallen, er würde nur noch sein. Nicht mehr Mensch, nicht mehr Peter, sondern nur noch –

Die Unke

Mary zuckte zusammen, als ihre beiden Söhne durch die Küche stürmten. »Henrik! Carsten! Langsam!«, rief sie über die Schulter, mit einer Hand im Teig für das nächste Fladenbrot.

Doch da waren sie schon aus der anderen Tür hinaus und in den Garten gefegt.

»Hoppla!«, hörte sie die Stimme ihrer Schwägerin Catleen von draußen, die beinahe umgerannt wurde.

Stöhnend fuhr sich Mary mit dem Unterarm über die Augen. Irgendwann würde ein Unglück geschehen mit diesen Raufbolden!

»Guten Morgen.« Catleen drückte die Tür auf, langsam und sanft, wie es sich gehörte. Nicht die Version, die ihre Kinder abgeliefert hatten.

»Guten Morgen, Catleen. Das ist ja eine Überraschung.« Mary lächelte. »Ich würde dich ja gerne richtig begrüßen, aber ...« Sie hob ihre mehligen Hände in die Höhe.

Catleen winkte ab. »Alles gut.« Sie stellte ihren Korb auf dem Tisch ab. »Unsere Tauben produzieren zur Zeit Eier, da könnte sich ein ganzes Dorf von ernähren. Ich dachte, ihr wollt vielleicht welche abhaben?«

»Klar, gerne. Da drin findest du Schüsseln.« Mary ruckte mit dem Kinn in Richtung des Küchenschranks neben dem Ofen. Sie durfte nicht vergessen, ihr später im Gegenzug das frische Fladenbrot mitzugeben, das gerade noch backte. »Wie geht es dir denn?«

»Ach, der Rücken macht schon wieder Probleme. Sitzen ist eine Qual, sag ich dir. Aber im Grunde ist das alles unwichtig gegenüber den Problemen, die andere haben, nicht wahr?«

»Ist etwas passiert?« Bisher war ihre Gegend von Bestienangriffen verschont geblieben, aber man hörte jeden Tag neue Meldungen von ihrem Vorrücken. Automatisch glitt ihr Blick zum Fenster, in Richtung des Geschreis ihrer Kinder. Sollte sie sie hereinrufen? War der Tag gekommen, an dem sie sie nicht mehr draußen spielen lassen durfte?

»Ich hab die Nachricht gerade auf dem Weg hierher aufgeschnappt«, meinte Catleen. Mit einem Seufzen schlug sie das Tuch vom Korb zurück. »Nun, dann wollen wir mal sehen, wie viele Eier noch heil geblieben sind, nachdem mich die beiden Rabauken angerempelt haben.«

»Was? Was ist denn passiert?«

»Sie haben das Kinderheim in Drought überfallen.«

Marys Hand flog an ihre Kehle. »Die Bestien?«

Catleen hob den Kopf. »Nein. Die Bewohner des Nachbardorfes.«

»Was?«

»Heute im Morgengrauen sind sie hinmarschiert mit Fackeln und Mistgabeln, haben die Tür eingetreten, alles niedergeprügelt, was ihnen vor die Füße lief, und am Ende das ganze Gebäude angezündet.«

Mary konnte nur starren. Was Catleen da erzählte, fühlte sich unwirklich an.

»Von den Angreifern wurden mehrere schwer verletzt, natürlich haben sich einige von denen verwandelt. Keiner der Wächter hat überlebt. Aber von den Bestien – den Kindern – sind wohl drei entkommen.«

Im Morgengrauen. Während Mary seelenruhig die Ziegen

gemolken und über den Ungehorsam des Bockes geschimpft hatte, hatte nur wenige Reisestunden entfernt die Nacht in einem Albtraum geendet. Und das Leben so vieler Unschuldiger auch. Wie viele waren dort untergebracht gewesen? Zwanzig? Fünfzig?

»Aber ... aber es sind doch nur Kinder«, stammelte sie. »Sie können nichts für das, was sie sind!« Sie hatte keine Ahnung gehabt, dass die Spannung so dicht am Überbrodeln gewesen war. Da ... da musste etwas getan werden! Es würden immer neue Kinder infiziert werden und wenn sich die Meinung in der Bevölkerung nicht änderte ...

»Kinder, die schon Schreckliches erlebt haben«, stimmte Catleen zu. »Kinder, die möglicherweise auch schon Schreckliches getan haben.«

»Aber doch nicht sie selbst! Das ist nur die Krankheit, es ist die Bestie, in die sie sich verwandeln, die das tut. Doch nicht sie selbst!«

»Am Anfang auf jeden Fall.«

»Was willst du damit andeuten?«

»Nichts will ich damit andeuten. Aber so viel Gewalt und Grausamkeit ... das muss Spuren hinterlassen. Da wird man doch kaputt im Kopf. Und irgendwann ...«

»Irgendwann was?«, hakte Mary nach.

»Nun, ich sag nur, dass sie vermutlich eher selbst zu Gewalt greifen würden als ... zum Beispiel deine Kinder.«

»Ja, aber nur, weil sie nichts anderes erfahren! Da muss gezielt gegengearbeitet werden, sie müssen wieder Freundlichkeit und die Schönheit des Lebens erfahren! Man sollte sie verwöhnen, statt sie zu jagen!«

»Und wie stellst du dir das vor? Wer sollte das tun? Wenn man ständig in Sorge leben muss, dass sie im nächsten Moment die Hand abbeißen, die sie füttert?«

»Unsinn, so einfach geht das nicht! Es gibt doch Vorzeichen, bevor sie sich verwandeln.«

»Na dann, wenn du so ein großes Herz hast, dann nimm doch eins von den Kindern auf. Zieh es mit deinen Kindern groß.«

Marys Blick wanderte erneut zum Fenster. Sie konnte den tieferliegenden Haarschopf Henriks gerade so neben Carstens ausmachen.

Catleen lachte. »Willst dir selbst auch nicht die Finger daran verbrennen, was?«

Mary schnappte nach Luft. Verbrennen! Das letzte Brot war noch im Ofen! Hastig ließ sie den Teig liegen und öffnete die Klappe. Der Geruch, der ihr entgegenschlug, war unheilverkündend. Hastig griff sie nach einem Lappen und zog das Brot heraus, aber es war von unten bereits schwarz.

»Oh nein! Es tut mir so leid, Catleen! Ich wollte es dir eigentlich im Austausch gegen die Eier anbieten, aber in dem Zustand ...«

Catleen winkte ab. »Lass gut sein.«

»Nein, nein, stattdessen nimmst du ein paar Maiskolben mit, ja? Ich bestehe darauf!« Sie lief in die Vorratskammer.

Und während Mary im Dunkeln nach dem Sack tastete, wurde ihr klar, dass Catleen Recht hatte. Ein winziges bisschen zumindest. Sie war dieser Aufgabe nicht gewachsen, sie war nur eine einfache Bauersfrau und Mutter von zwei Söhnen. Es gab andere Leute, die sich um dieses Problem kümmern müssten. Leute, die mehr Macht und Einfluss besaßen als sie und bestimmt besser wussten, was zu tun war.

»Mama?« Henriks Stimme war durch die Entfernung gedämpft, aber dennoch konnte sie die Nervosität darin hören. Keine positive Nervosität.

Alarmiert stürzte Mary zurück in die Küche, die Maiskolben landeten im Vorbeigehen neben Catleen auf dem Tisch, während sie weiter zur Tür rannte. Wenn jetzt die Bestien ...

»Mama!« Henrik prallte mit ihr zusammen, sein Kopf auf Höhe ihres Bauches. In seiner Aufregung schien er es nicht einmal zu bemerken. »Mama, da ist ...«

Über seinen Kopf hinweg konnte sie Carsten ausmachen, ebenfalls unverletzt. Doch dem Jungen, der ihm gegenüberstand, sickerte Blut aus Schnitten an Schultern und Beinen in die zerfetzte Kleidung. Er starrte Mary an, ohne zu blinzeln.

So schön die Nacht

Mariella hastete über die Wiese, die leichte Böschung hinab. Stolperte halb über ihre Beine und kämpfte um ihr Gleichgewicht, bis sie schließlich, endlich, am Ufer ankam.

Der schläfrige See erstreckte sich bis zu den Bergen am Horizont. Die Nacht war still und klar und von einer Wärme, die das kühlende Nass nach Mariella rufen ließ. Doch sie widerstand. Sie wusste, würde sie auch nur einen Fuß hineintauchen, gäbe es kein Zurück mehr. Dann würde sie vollständig darin versinken.

Sie hatte eine andere Mission, ihre Rache war wichtiger.

Die unzähligen Stoffschichten des Kleides bauschten um ihre Knie, als sie sich ins Gras sinken ließ. Sterne saßen wie schimmernde Boote auf der dunklen Oberfläche. Eine Schönheit, die so friedlich war, als läge ein Zauber über ihr. Eine trügerische Schönheit. In einer Nacht wie dieser waren Wassergeister und Nymphen niemals weit weg.

Mariella schlug die Hände vors Gesicht und begann, leise zu schluchzen. Nur wenige Herzschläge später durchbrach ein Kopf die Wasseroberfläche vor ihr.

»Warum so traurig, meine Bezaubernde?« Die Stimme war tief, voll, männlich. Und zu vertraut.

Erschrocken hob Mariella den Kopf. Das Geschöpf, das vor ihr in der Dunkelheit des Sees schwamm, trug auch das Gesicht eines Mannes. Nasse, dunkle Haare klebten an einer hohen Stirn und schimmernde Rinnsale suchten sich ihren Weg über glatte, makellose Haut.

Das Wesen sah aus wie *er*. Als hätten sich die Gedanken über Rache, die in ihre Kopf kreisten, zu einer lebenden, atmenden Gestalt manifestiert. Um sie jetzt anzusehen, mit diesen bestechenden blauen Augen.

»Hab keine Angst. Ich tue dir nichts.«

Floskeln. Die gleichen Floskeln, die sie schon tausende Male zuvor gehört hatte. Von ihren eigenen Lippen.

Dieses Wesen war nicht er, war nicht Prinz Frederik. Die Linie der Brauen war zu gewölbt, das Kinn zu starr. Sie hatte in Gedanken diese Züge zu oft mit ihren Fingern nachgefahren, um nicht die Unterschiede zu erkennen. Nur ähnlich, nicht identisch. Lediglich ein Abbild der Schwingungen, die sie selbst aussandte. Eine Nachahmung dessen, was sie anzog. Wonach sie sich sehnte, was sie begehrte. Was sie zu vernichten plante.

»Ich bin hier, um dir zu helfen«, versprach der Mann im See. »Deine Tränen haben mich gerufen.«

Selbst der schiefe Zug um seine Mundwinkel war verstörend gut getroffen. Lippen, nach denen sie sich so sehr gesehnt hatte – und die sie doch nur ein einziges Mal geküsst hatten, bevor sie sich der nächsten Frau zuwandten. Was, wenn sie diese Lippen hier küsste, diese fast-perfekte Nachahmung? Würde es die Leere füllen, die in ihrer Brust hallte? Würde es den Schmerz weniger bitter machen?

Mariella blinzelte. »Spar dir die Tricks!«, befahl sie der Nixe. »Mich kannst du nicht um den Finger wickeln, ich kenne das Spiel genauso gut wie du.«

Ihr Besucher lächelte. »Du warst einst eine von uns, nicht wahr? Ich erkenne deinen Duft.« Die Hand, die er auf das Ufer legte, wirkte wie ein Freundschaftsangebot. Sternenlicht reflektierte sich in den Tropfen auf seinem Unterarm, der Fluss umschmeichelte träge seine nackten Schultern. Sie konnte sich noch daran erinnern, wie es sich angefühlt hatte, diese Macht zu besitzen. Jede erdenkliche Gestalt annehmen zu können, ganz wie es die Situation verlangte. Unwiderstehlich zu sein. Und auch selbst nicht widerstehen zu können. Wie ein Strom, der bergab läuft, so zog es die Nixen zu den Menschen, um sie an sich zu binden, zu bezirzen. Bis sie sich bereitwillig mit ihnen unter Wasser begaben und ihnen ihre Seele überließen.

»Wie kam es, dass du dich selbst aufgegeben hast ... um schwach zu werden?«, fragte der Wassermann.

»Du«, hörte Mariella sich sagen. »Du warst der Grund.«

»Ich?« Er sah auf seine Hände, als könnte er an ihnen sein vollständiges Aussehen ablesen. »Du hast dich in mich verliebt?«

Ja, das hatte sie. Sie hatte ihr ganzes Dasein geopfert, um ihm nah sein zu können. Um ein Mensch zu werden, ihm fortan nicht mehr gefährlich zu sein. Um nicht mehr gegen die Versuchung ankämpfen zu müssen, ihn in die Tiefe zu ziehen.

Sie hatte alles aufgegeben – für nichts.

»Ich will Rache«, flüsterte sie. »Rache für all die Frauen, denen er sein Herz verspricht, aber am Ende nur Gleichgültigkeit schenkt. Und du wirst mir dabei helfen. Er ist leichte Beute. Wenn du morgen Nacht wieder hier bist, werde ich ihn zu dir führen.«

Er würde eins werden, nicht mit ihr, sondern einer anderen Nixe, dieser Nixe. Und mit dem Wasser, in das sie nie wieder zurückkonnte, nicht auf die gleiche Weise.

»Er hat nicht dich geliebt, sondern das, was du warst. Deine Ausstrahlung, deine Magie.« Prinz Frederik neigte den Kopf, betrachtete sie aufmerksam.

Nein, nicht Prinz. Die Nixe. Es war eine Nixe. Ihr altes Selbst.

»Du strafst ihn für deinen eigenen Fehler«, stellte der Mann aus dem See fest.

»Er hat –«

»Das war kein Vorwurf.« Er streckte seine Hand weiter aus, berührte sacht den Saum von Mariellas üppigem Kleid. »Glaub mir, ich verstehe dich. Verstehe dich nur zu gut. Wenn du wüsstest, wie sehr ich mich in diesem Moment danach sehne, dich berühren zu können. Ganz und gar. Dir den Schmerz zu nehmen, dich glücklich zu machen.« Er griff nach ihrer Hand, die Finger kühl und sanft wie der See. »Dein Fehler war nicht, zu lieben. Dein Fehler war auch nicht, zu hoffen. Dein Fehler war, dich für ihn zu ändern.«

Mariellas Mund wurde trocken, ihr Kleid zu warm. »Ich war eine Gefahr für ihn.«

»Und du bist es jetzt auch. Hast du nicht vor, ihn mir zu überlassen?« Prinz Frederik lächelte sie an und es lag so viel Verständnis in seinem Blick, so viel Wissen, wie seine Vorlage niemals gehabt hätte. »Wie hätte er dem Opfer, das du ihm gebracht hast, jemals gerecht werden können? All die Macht, die Freiheit, die Umarmung des Wassers ...«

Er hatte Recht. Auch jetzt noch wollte sie seine Nähe so sehr, dass ihr jeder Atemzug in der Brust stach. Aber die Sehnsucht nach ihm war nicht weniger stark als die Sehnsucht nach der Schwerelosigkeit des Wassers, die tröstende Kälte und den Geschmack der dunklen Tiefen. Sie hatte nur eine verbotene Liebe gegen eine andere getauscht.

»Komm mit mir. Du gehörst nicht an Land.« Er verschränkte ihre Finger mit seinen und zog sie an die Lippen, drückte einen hauchfeinen Kuss darauf. Wie Gischt, die Sand benetzt.

»Ich weiß, was du da tust. Ich habe diese Taktik schon selbst angewandt«, widersprach sie. Doch sie zog die Hand nicht weg. Sie konnte nicht.

»Lass mich dich wieder zu einem Teil von uns machen. Lass mich dich wieder glücklich machen.«

Sie sehnte sich so sehr.

Er zog an ihrer Hand, sanft, und sie wehrte sich nicht. Der See plätscherte ein vertrautes Willkommen, als sie vom Ufer hinabglitt und die Stoffschichten ihres Kleides die Nässe tranken.

Und dieser Prinz Frederik hielt sein Versprechen. Wie auch das Wasser schloss er sie in die Arme und zog sie hinab, hinab in ihre Heimat, ihr altes Dasein. Nie hatte sie sich vollständiger, nie mehr geliebt gefühlt als in diesem Moment.

Dann fühlte sie nichts mehr.

Blau und rot

Manchmal, wenn du allein unten im Keller stehst, dann hörst du hinter einer der Türen ein Wimmern. Manchmal gehst du dann die Türen ab, eine nach der anderen, und versuchst herauszufinden, woher es kommt. Manchmal klopfst du, manchmal presst du nur stumm dein Ohr gegen das Metall. Meistens hörst du dann keinen weiteren Laut.

Diesmal schon.

Es ist ein Schrei – gedämpft, wie mit einem Knebel im Mund – und er bricht mitten drin ab. Du schlägst mit der flachen Hand gegen die Tür und rufst. Doch niemand antwortet. Nichts bewegt sich hinter der Tür.

Vermutlich ist es nur ein Fernseher, den du gehört hast, schließlich gibt es nicht wenige, die ihre Keller zu Hobbyräumen umfunktionieren. Dein Herz hämmert trotzdem so wild, dass du weißt, du wirst nicht schlafen können.

Du klingelst jede einzelne Wohnung durch. Fragst, ob einer von ihnen seinen Fernseher unten angelassen hätte. Von welchem Raum? Nein, die zweite Tür links gehöre ihnen nicht.

Vor der Tür des Zauberers – der Wohnung exakt unter deiner – zögerst du. Vielleicht ist es die Unsicherheit, weil er aus einem Königreich mit anderen Bräuchen kommt, und du nicht weißt, ob er dir die Störung übelnehmen wird. Vielleicht, weil es dir grundsätzlich falsch vorkommt, ihn zu verdächtigen, nur weil er ein Vertriebener ist. Aber es hilft nichts. Auch wenn es nur eine geringe Wahrscheinlichkeit gibt, dass es kein Fernseher, sondern ein Tier oder sogar eine Person ist – du musst sichergehen. Also drückst du die Klingel.

Er wohnt seit einigen Monaten hier und du bist ihm schon einige Male begegnet, im Treppenhaus, vor der Haustür, im Supermarkt. Dennoch schockt sein Bart dich noch immer, auch dieses Mal, als er die Tür öffnet. Dieser Vollbart in dem leuchtenden Blau einer Gasflamme. Was in gewisser Weise intolerant, womöglich sogar rassistisch ist, das weißt du. Umso betroffener macht es dich, dass du dich einfach nicht dran gewöhnen kannst. Er wirkt wie ein Paradiesvogel inmitten von Krähen.

»Entschuldigung, ich habe nur eine kurze Frage«, hastest du vorwärts, bevor du ihn zu offensichtlich anstarrst. »Haben Sie vielleicht einen Fernseher in Ihrem Keller angelassen?«

»Guten Abend erst einmal«, meint er ruhig und gibt dir das Gefühl, überhaupt keine Manieren zu besitzen. »Woher wissen Sie, welches mein Keller ist?« Sein leichter Akzent lässt die Frage ungewohnt melodisch klingen.

»Oh, das weiß ich gar nicht. Ich frage gerade alle hier im Haus. Es geht um den zweiten auf der linken Seite.«

»Das ist meiner.«

»Und haben Sie einen Fernseher?«

»Sie haben etwas von außen gehört, nehme ich an?«

Du nickst.

»Danke für den Hinweis, ich werde nachsehen.« Er nimmt seinen Schlüssel vom Bord im Wohnungsflur, tritt zu dir ins

Treppenhaus und zieht die Tür hinter sich zu. »Geben Sie mir bitte jederzeit Bescheid, wenn Sie das wieder merken sollten. Ich bin mit technischen Geräten nicht sehr erfahren.«

Du lachst nervös. »Na dann viel Erfolg.« Du siehst ihm hinterher, wie er die Stufen hinabgeht, musterst seinen Hinterkopf mit den gewöhnlichen braunen Haaren. Du fragst dich, ob du warten sollst, um seinen Gesichtsausdruck zu sehen, wenn er wieder hinaufkommt. Oder um zu kontrollieren, ob er Kratz- oder Blutspuren auf seiner Kleidung trägt. Ist es Zufall, dass seine Aussagen allgemeingültig waren, nie eine echte Bestätigung, dass es sich um einen Fernseher handelt? Und weißt du jetzt wirklich mehr als vorher? Hätte er dir denn ins Gesicht gesagt, wenn es etwas Anderes, Schlimmeres wäre?

Dann schüttelst du energisch den Kopf und gehst in die andere Richtung, stiefelst die Treppe hinauf zu deiner eigenen Wohnung. Blaubärte sind Zauberer, keine Meuchelmörder. Ja, ihre Magie benötigt Blut – du hast selbst eine Jacke aus seinem Land, die du nur mit einem Blutstropfen füttern musst, und schon nimmt sie jede beliebige Farbe an – aber die Geschichten über die von den Zauberern geopferten Jungfrauen sind Unsinn, und nur ein weiteres Beispiel dafür, dass man fürchtet, was man nicht kennt.

Trotzdem stehst du zwei Stunden später wieder im Keller und drückst dein Ohr an die Tür, nur zur Sicherheit. Auf der anderen Seite bleibt es still.

Du schließt gerade die Tür zu den Mülltonnen zu.

»Lassen Sie bitte auf«, erklingt es hinter dir mit dem charakteristischen Akzent. Gehorsam folgst du seiner Bitte.

»Danke sehr.« Hinter dem Berg an Papierkisten in seinen Armen ist sein Bart verborgen, seine dunklen Brauen und Kopfhaare lassen für einen Moment die Illusion zu, dass er einfach ein Mann wie jeder andere ist.

Unwillkürlich fragst du dich, warum er sich den Bart nicht abrasiert. Und im nächsten Moment tadelst du dich selbst. Der Bart ist Teil seiner Identität, des Status, den er innehatte. Aus der ganzen Welt reisten sie an, um sich Krankheiten aus dem Körper ziehen zu lassen, oder die eigenen Fähigkeiten kurzzeitig zu Höchstformen zu verstärken. Nur weil er seine Heimat verloren hat, heißt das noch lange nicht, dass er jede Verbindung zu seiner Vergangenheit, seinem Ansehen verlieren muss.

Du starrst schon wieder zu lange. Hastig wendest du dich zum Gehen, deine Schuhe knirschen auf den Steinen.

»Warten Sie.« Es raschelt und poltert, dann kommt er zwischen den Mülltonnen wieder zum Vorschein, die leeren Pappkartons in der Hand. »Sind Sie übermorgen da, wenn sie wegen des Internets kommen? Ich habe leider nicht freinehmen können und dachte ... vielleicht könnte ich Ihnen den Schlüssel geben, dass Sie ihnen aufmachen?«

Für einen Moment bist du zu verblüfft zum Antworten. Der Schlüssel zu seiner Wohnung. Seinem Refugium. Du bist dir nicht sicher, ob du an seiner Stelle dieses Vertrauen hättest. Noch dazu gegenüber einer Person, die gerade erst Interesse am Inhalt seines Kellerraumes gezeigt hat. Oder geht es genau darum, ist das ein Test, wie vertrauenswürdig du bist? Vielleicht sind die Geräusche in seinem Keller eine Falle?

Du findest dich lächerlich, so etwas überhaupt zu denken.

»Klar«, meinst du verspätet. »Ich bin da.« Und dann, weil du dich nicht rechtzeitig aufhalten kannst: »Machen Sie uns eigentlich Vorwürfe?«

»Vorwürfe?«

»Nun, unser Land hat nicht eingegriffen. Der Krieg war direkt vor unserer Türschwelle und wir haben nichts getan. Wir haben nur Däumchen gedreht, während ... Nun, praktisch weiß jeder, dass es um die Magie ging, dass das Nachbarkönigreich sie und das Wissen unter ihre Gewalt bringen wollten.«

Er blinzelt nicht einmal. »Was denken Sie? Natürlich mache ich Ihrer Regierung Vorwürfe.«

»Aber mir persönlich nicht?«

»Sie leben in einer Demokratie. Irgendwer hat diese Regierung gewählt. Irgendwer hätte auf die Straße gehen und protestieren können, um sie umzustimmen.«

Ob er sich Vergeltung wünscht, liegt dir auf der Zunge. Gegenüber denen, die sein Land zerstörten, und denen, die das zuließen. Kann er denn überhaupt vergeben und friedlich leben, nach allem, was er gesehen hat?

Du bringst die Fragen nicht über die Lippen. Stattdessen nickst du nur, wechselst das Thema. »Sagen Sie einfach Bescheid, wann Sie losmüssen, ich arbeite an dem Tag ohnehin von Zuhause.«

Er führt dich seinen Flur entlang zur Abstellkammer, der Grundriss beinahe identisch zu dem deiner eigenen Wohnung unterm Dach.

»Hier unten ist die Buchse.« Er zeigt dir die Leiste knapp oberhalb der Teppichkante, zwei Steckdosen und eine Kabelbuchse.

»Alles klar.« Du versuchst, dich nicht allzu auffällig umzusehen. Auf den ersten Blick ist es beinahe bestürzend gewöhnlich. Keine geknüpften Muschelteppiche an der Wand, keine pulsierenden Kugellampen oder grazil geschnitzten Hocker aus seinem Herkunftsland. Aber was hast du auch erwartet? Man flüchtet nicht mit seinem Mobiliar auf dem Rücken. Und hier wiederum ist es vermutlich schwierig, diese Art Gegenstände zu beschaffen.

Er führt dich wieder zur Wohnungstür zurück, nimmt sich seine Tasche. Du fragst dich, was er jetzt arbeitet. Magie ist hier verboten, seine Ausbildung damit wertlos.

»Ich werde einen Zettel ankleben, dass sie sich bei Ihnen melden sollen«, versichert er. »Vielen Dank noch mal.« Er nimmt sein Schlüsselbund vom Brett neben der Tür und löst den Wohnungsschlüssel ab, übergibt ihn dir. An einem einzelnen Haken daneben hängt ein großer, altmodischer Schlüssel, so wie du ebenfalls einen für deinen Keller besitzt.

Er folgt deinem Blick. »Ja, ich lasse ihn hängen. Wenn ich ihn mitnehme, glauben Sie doch nur umso fester, dass ich etwas zu verbergen habe. Aber auch wenn ich verstehe, dass Sie das Bedürfnis haben, selbst in meinen Keller zu schauen, möchte ich Sie bitten: Tun Sie es nicht. Zu Ihrem eigenen Wohl.« Er neigt leicht den Kopf und in dem Licht scheint sich das Blau seines Bartes zu bewegen. »Ich werde es wissen, wenn Sie die Tür geöffnet haben.«

Es ist sein Tonfall, der dich sofort an eingebaute magische Flüche denken ließ. Erst in der zweiten Sekunde geht dir auf, dass man dafür lediglich eine Überwachungskamera braucht.

Du räusperst dich, um das Drücken in deinem Hals loszuwerden. »Ich lasse nur die Internet-Leute in Ihre Wohnung, sonst nichts.«

»Danke.« Er bedeutet dir, vorzugehen, damit er hinter euch die Tür abschließen kann. »Einen schönen Tag wünsche ich Ihnen. Bis heute Abend.«

»Gleichfalls.« Erneut siehst du ihm nach, wie er die Treppe hinuntergeht, seinen Wohnungsschlüssel fest in deiner Hand.

Du wartest, bis die Service-Mitarbeiter in beiden Wohnungen die Kabelbuchsen ausgetauscht hatten. Dann nimmst du den Kellerschlüssel und gehst hinunter in den Keller. Nur um noch einmal zu lauschen. Wenn du nichts hörst, wirst du gehen.

Mit angehaltenem Atem und klopfenden Herzen drückst du dein Ohr gegen die Metalltür und wartest. Die Sekunden verstreichen. Du hörst nichts. Also hämmerst du mit der Hand dagegen und lauschst noch einmal auf eine Reaktion. Falls jemand dort drin ist, weiß er jetzt, dass die Hilfe auf der anderen Seite wartet.

Kein Geräusch.

Du seufzt, zugleich erleichtert und irgendwie peinlich berührt. Da stehst du im Keller und glaubst, dass hinter einer dieser Türen ... Ja, was eigentlich? Eine mächtige Racheaktion im Gang ist, für deren Magie Jungfrauen in qualvollen Ritualen geopfert werden müssen? Ein blauer Bart allein macht niemanden gleich zu einem schlechten Menschen. Es gibt die unterschiedlichsten Disziplinen der Zauberei, vielleicht ist er sogar Heiler und sieht es als seine Berufung an, anderen Menschen zu *helfen*.

Also drehst du dich um, kehrst zum Kellereingang zurück und schaltest das Licht aus.

Jemand schluchzt.

Sofort schaltest du das Licht wieder ein. »Hallo?«, rufst du und fährst herum, fixierst die Tür von Blaubart.

Das Weinen hält an.

Du tastest nach dem Handy in deiner Hosentasche, es ist vorhanden. Wenn du dort drinnen jemanden findest, dann wirst du Hilfe benötigen. Und dann ist es auch vollkommen gleichgültig, ob der Keller videoüberwacht wird oder nicht – dann wird sich der Blaubart so oder so verantworten müssen.

Deine Finger zittern, als du den Schlüssel ins Schloss der Kellertür steckst, das Wimmern dringt dir bis in die Knochen. Du ziehst die Tür auf.

Der Raum ist leer.

Das kann nicht sein. Das kann einfach nicht ... Du machst einen Schritt in den Raum hinein.

Mit einem Schlag ändert sich die gesamte Umgebung. Tageslicht flutet durch die Fenster in der Glaskuppel über dir, Muschelteppiche bedecken die Wände. Und der Boden ist rot. Rot vor Blut.

Vier Frauen liegen auf dem Boden, umrahmt von je einer roten Pfütze. Drei von ihnen sind reglos, die vierte hat den Oberkörper halb über den einer anderen geworfen und wimmert. Letztere sieht selbst aus, als würde sie nur noch mit einem Faden am Leben hängen, den rot umrandeten Löchern auf ihrem Rücken zufolge.

Es ist schlimmer, als du es dir jemals in deiner Phantasie ausmalen konntest.

»Scheiße, scheiße, scheiße.« Du stürzt nach vorn, legst der Überlebenden die Hand auf die Schulter. Und greifst hindurch. Kein Stoff, kein Körper, den du berühren kannst. Eine Sicherheitsvorkehrung? In eine andere Realität gebannt? Du greifst nach einer der Reglosen, doch auch dort treffen deine Finger auf keinen Widerstand. Erst, als du bis zum Ellenbogen in ihr versinkst, spürst du den Steinboden. Du zuckst zurück.

Dein Arm kommt rot wieder zum Vorschein. Hand und Unterarm überzogen mit glitschiger, tropfender Flüssigkeit.

Du presst dir die saubere Faust gegen den Mund, um nicht zu schreien. So viel Blut. Und deine Schuld. Allein deine Schuld. Du weißt jetzt, was das hier ist. Du hast ähnliche Szenen schon einmal gesehen, im Fernsehen, und da kam es dir schrecklich, aber auch schrecklich weit weg vor. Dabei sind es in Wahrheit Szenen, die du verursacht hast. Frauen, die du getötet hast – durch deine Untätigkeit. Es ist nicht real und gleichzeitig ist es schrecklich real. Es ist die Vergangenheit. Eine magische Illusion. Dein Zögern, während im Nachbarkönigreich der Krieg wütete. Das Blut hat die ganze Zeit an deinen Händen geklebt, du hast es nur nicht gesehen.

Jetzt siehst du es. Wie es tropft. Wie die Frau neben dir schluchzt, jedes Beben das Leben weiter aus ihr herauspresst. Aber du kannst ihr nicht helfen. Andere Zeit, anderer Ort.

Rückwärts stolperst du aus dem Keller und kämpfst, kämpfst

gegen den Schrei in deiner Kehle an. Stößt die Tür zu und zwingst den Schlüssel ins Schloss und rennst, rennst die Stufen hinauf bis zu deiner Wohnung.

Eine Ewigkeit stehst du unter dem heißen Wasser der Dusche. Doch das Blut geht nicht mehr ab.

Du kannst ihm den Schlüssel nicht wiedergeben. Du kannst ihm nicht in die Augen sehen und selbst wenn – der Schlüssel ist dunkel vom getrockneten Blut. Du hast ihn erst mit Kernseife, dann mit Zitronensaft eingerieben, hast ihn mit dem Schwamm geschrubbt. Es ist fest.

Du selbst könntest deinen Fehler verbergen: Handschuhe und langärmlige Strickjacke. Doch der Schlüssel? Er verrät dich. Blaubart wird wissen, dass du in seinen Keller eingedrungen bist. Schlimmer noch, du bist dir beinahe sicher, dass das alles eine gezielte Falle war. Er wollte, dass du seinen Keller betrittst und das Blut an deinen Fingern sichtbar werden würde.

Du musst weg. Sofort. Du kannst dich ihm nicht stellen, noch nicht, vielleicht nie. Wahllos schmeißt du Kleidung in einen Koffer, weißt nicht, was du dalassen und was du mitnehmen sollst, wann du die Kraft haben wirst, dich wieder zurückzuwagen.

Jetzt jedenfalls zählt jede Sekunde, du hast schon zu viel Zeit unter der Dusche und mit der vergeblichen Reinigung des Schlüssels verbracht, obwohl dein Nachbar jeden Augenblick –

Hastig drückst du den Koffer zu und ziehst den Reißverschluss ringsherum. Jacke, Schuhe, Schlüssel – auch den verräterischen, du wirst ihn in Blaubarts Briefkasten werfen.

Du ziehst die Tür hinter dir zu und stolperst die Stufen mehr hinunter, als dass du sie gehst. In deinem Kopf hörst du noch immer das leise Wimmern. Oder vielleicht ist es auch dein eigenes, du weißt es nicht.

Noch drei Etagen. Noch zwei. Du prallst beinahe mit jemandem im Laufen zusammen, murmelst jedoch nur ein »Entschuldigung« und hastest dann weiter. Ignorierst die Beschwerde hinter dir, das Poltern –

Jemand packt dich am Arm. Ungeduldig wendest du dich um – und siehst dich leuchtendem Blau gegenüber. Jeder verbliebene klare Gedanken flattert davon.

Einen Moment sieht er dich nur an. Und du kannst ihm nicht ausweichen, du senkst zu spät den Blick, sodass er das Blut erkennen muss, das sich in deinen Augen spiegelt.

»Ich hatte Sie davor gewarnt, den Raum zu betreten.« Er lässt deinen Arm los.

Aber du hast es dennoch getan. Weil du dich verpflichtet fühltest zu helfen, ausgerechnet. Oh ja, er hat das Ganze mit viel Ironie konzipiert.

»Ich könnte Sie anzeigen«, hörst du dich selbst sagen. Und irgendwo stimmt es auch, er hat illegal einen Zauber gewirkt. Aber eigentlich willst du ihn entweder beschimpfen oder anflehen, dir nichts zu tun. Dass er dir nicht vergeben wird, das weißt du bereits.

»Ich hatte keine Wahl«, antwortet er. »Verstehen Sie nicht? Ich meine, Sie haben es gesehen. Wie soll ich damit im Kopf den Tag überstehen? Wie soll ich weiterleben als wäre nichts gewesen?«

»Was ist das für ein Zauber? Was macht er mit mir?«

»Nichts. Das ist – Es ist nur meine Angst, meine eigene Erinnerung. Ich musste sie wegsperren. Aber keine Sorge, die Wirkung sollte nach ein paar Tagen nachlassen. Es ist nicht so ... wie wenn man es wirklich im Kopf hat.«

Seine Erinnerung? »Haben *Sie* diese Frauen getötet? Für einen Zauber?« Die Worte sind heraus, bevor du nachgedacht hast.

Etwas zuckt in seinem Gesicht. »Ja und nein. Getötet haben sie die anderen. Aber ich konnte es nicht verhindern. Und ich ... ich bin ein Zauberer. Hätten sie nicht geglaubt, ich würde die armen Frauen für unsere Magie verwenden, hätten sie sie vermutlich am Leben gelassen.«

Und nach dieser Argumentation hast du sie ebenfalls getötet. »Sie wollten, dass ich in den Keller gehe.«

»Sie haben mit Ihrem Nichtstun Schreckliches getan und jetzt können Sie dem nicht ins Auge sehen? Sie leben in Ihrer Scheinwelt, während Ihr Nachbarland leidet. Wie hätte ich Sie aufwecken können, wenn nicht dadurch? Nutzen Sie die Energie, mit der Sie meinem Geheimnis auf die Schliche kommen wollten, lieber für etwas Gutes.«

Dir ist schwindelig. »Würden Sie das auch mit mir machen, die Erinnerung ... an Ihre Erinnerung herausnehmen?« Du willst diese Bilder nicht dort haben, eingebrannt in deine Gedanken, dein Leben. Du willst deine sauberen Hände wieder.

»Nein.« Er seufzt kaum hörbar. »Kommen Sie mit, ich mache Ihnen erst einmal eine Tasse Tee.«

Manchmal, wenn du allein unten im Keller bist, dann horst du hinter einer der Türen ein Wimmern. Es kommt nicht von irgendwo, nein, es stammt aus dem Kellerraum von diesem eingewanderten Zauberer. Du fragst dich, ob es das Geräusch ist, das die Nachbarin aus der Dachgeschosswohnung gehört hat, die vor Kurzem klingeln kam. Du selbst findest nicht, dass es wie ein Fernseher klingt, es sei denn, er würde immer wieder den gleichen Film abspielen. Irgendetwas stimmt hier nicht. Was, wenn dieser Kerl etwas Illegales da drin am Laufen hat? Etwas Magisches?

Du drückst dein Ohr gegen die Tür und lauschst. Irgendwann wirst du schon noch dahinter kommen, was dieser Mann zu verbergen hat.

Start with a Friend e.V. hilft durch Begegnungen zwischen Geflüchteten und Locals Vorurteile abzubauen und soziale Netzwerke zu stärken. Mehr Infos: start-with-a-friend.de

Der Heidelbeerzweig

Teil I

Angstschweiß saß trotz der Hitze feucht und kalt in meinem Nacken. Ich hetzte den Hügel hinauf, die Finger fest um die Fackel geklammert, deren Flamme unheimliche Schatten zwischen die Bäume warf.

»Sie werden uns wieder betrügen!«, rief meine Schwester Akkaria hinter mir.

Ich ignorierte sie. Musste sie ignorieren, wenn ich Mut genug aufbringen wollte, um zu tun, was getan werden musste.

»Mutter hat mit dem Rat wochenlang über der richtigen Wortwahl gebrütet und dennoch war es nicht gut genug!«, stieß Akkaria abgehackt hervor. »Warum glaubst du, du könntest es besser?«

»Es geht nicht um *besser*«, knurrte ich und hastete weiter. »Es geht um *überhaupt*! Unser Volk ist bereits am Ende, es stirbt dort unten in den brennenden Gassen. Ich muss wenigstens versuchen, es noch zum Besseren zu wenden!«

»Wir sollten mit den Dovois verhandeln. Sie haben ihren König auch in der Schlacht verloren. Vielleicht ist sein Sohn –«

Mit einem Fauchen drehte ich mich um und sie stolperte zur Seite, um die Fackel nicht ins Gesicht zu bekommen. »Sollen wir etwa um Gnade betteln? Und glaubst du, er würde uns dann hocherfreut unser Land zurückgeben und uns auf die Füße helfen?«

»Vielleicht würde eine Demonstration unserer Demut das Abschlachten beenden«, entgegnete Akkaria verzweifelt.

»Und die Überlebenden zu Sklaven machen«, stieß ich aus und sah hinab auf die brennenden Dächer unserer Heimatstadt, wo in den Häuserschluchten irgendwo der blutleere Körper unserer Mutter lag, Hohe Priesterin und Königin der Zaraleen. Bei der Erinnerung stieg Übelkeit und Hass in mir auf. Ich schob die Bilder entschlossen zur Seite. Nicht jetzt. Es gab eine Zeit, zu der ich darüber nachdenken würde, aber nicht jetzt. Jetzt musste ich wie eine Königin denken und die Katastrophe aufhalten.

Ich fuhr herum, setzte den Aufstieg fort. Mein Herz klopfte schnell, vor Anstrengung ebenso wie vor Angst. Das, was ich vorhatte, war blanker Wahnsinn, Akkaria hatte Recht. Aber es war ein Wahnsinn, der möglicherweise noch Leben retten konnte.

Vor mir tat sich eine Lichtung auf. Acht kniehohe Heidelbeersträucher kreisten mit mehreren Metern Abstand eine schwarze Steinplatte ein, die in den Boden eingelassen war. Sie glänzte unheilvoll im zuckenden Fackelschein.

Das letzte Mal war ich hier als kleines Mädchen gewesen. Damals hatten gleißende Sonnenstrahlen auf die Hügelkuppe geschienen, sämtliche Priesterinnen den Ring rings um die Heidelbeersträucher gefüllt und die Dovois ihren Krieg gegen uns erst begonnen. Allein die Nähe zu diesem Ort drückte mir den Brustkorb zusammen und erschwerte mir das Atmen.

Ich stieß den Griff der Fackel in den Boden, sodass sie aufrecht stehen blieb. Dann straffte ich die Schultern, zog mein kleines gekrümmtes Messer aus meinem Kurzstiefel und schnitt mir in die Kuppe des Daumens.

Meine Schwester trat mir in den Weg, der tapfere kleine Trotzkopf. »Nein.«

Aber ich hatte keine Wahl.

Kurzerhand hakte ich meinen Fuß hinter ihre und hebelte ihr mit einen Stoß den Stand aus. Noch bevor sie sich von ihrem Schock erholt hatte, stieg ich über sie hinweg und berührte jeden der acht Heidelbeersträucher mit dem blutenden Finger, während ich die Rezitation zu murmeln begann. Aus dem Augenwinkel sah ich, Akkaria auf allen Vieren vom Kreis zurückweichen.

Ich schloss den Kreis, riss mir drei Haare aus und spuckte in meine Hände. Dann kniete ich mich hin, presste beide Handflächen auf den Boden, genau zwischen zwei Sträucher. Im gleichen Moment sprach ich die letzte Silbe der Beschwörung.

Zischend erwachte ein hellblau brennender Ring zwischen den Sträuchern zum Leben, in seinem Inneren offenbahrte sich die Welt der Daimonen. Die Luft flimmerte und eine Gestalt formte sich dort, wo eben noch die Steinplatte gelegen hatte.

Auf den ersten Blick hätte es ein Mann sein können, ein sehr großer, kahlköpfiger Mann in weitem Gewand, dessen Füße den Boden nicht berührten. Doch auf den zweiten zerflossen die Umrisse. Klauen, Hörner und spitze Hauer schimmerten durch, als wäre seine Oberfläche mehrschichtig und mein Verstand würde dauerhaft versuchen, die richtige Form des Wesens zu begreifen und daran scheitern. Daimonen kamen aus einer anderen Welt mit anderen Gesetzen.

»Was ist dein Begehr?«, fragte die Gestalt vor ihr, die Stimme klang vielstimmig. Ihre Dissonanz jagte mir eine Gänsehaut über Nacken und Schultern.

»Ihr habt euren Handel nicht eingehalten!«, warf ich ihm vor und hoffte, er würde das Zittern in meinen Worten nicht bemerken.

»Ach nein? Haben wir nicht die Schattenreiter geschickt, um in jeder Schlacht an eurer Seite zu kämpfen und eure Zahl zu verdoppeln? Habt ihr die Dovois nicht in jeder Schlacht besiegt?«

»Sieht das da unten nach einer siegreichen Schlacht aus?«, zischte ich und deutete auf die in grimmigem Rot leuchtenden Brandfahnen hinab, die die Stadt am Fuße des

Hügels überzogen.

Der Daimon lächelte und entblößte dabei mehrere Reihen spitzer Zähne. »Aber das ist keine Schlacht, das ist ein Gemetzel. Jemand muss sie hinter eure Stadttore gelassen haben.«

Hätte ich es nicht besser gewusst, hätte ich vermutet, dass der Dovoiser König den Daimonen ein besseres Angebot gemacht und sie so auf seine Seite gezogen hatte. Aber die Dovois verachteten uns für unsere Verbindung zu den Geistwesen – und in gewisser Weise musste ich ihnen Recht geben. Selbst in diesem gezähmten, gebundenen Zustand waren Daimonen eine Gefahr. Sie hatten zu viel Freude daran, Chaos und Leid zu verbreiten. Ganz zu schweigen davon, was sie tun würden, falls es ihnen aufgrund eines Beschwörungsfehlers gelänge auszubrechen und sie sich *frei* in unserer Welt bewegen könnten.

»Beendet das Gemetzel! Sofort!«, verlangte ich. »Bringt das Königreich Dovois zu Fall und lasst mein Volk an seiner Stelle aufsteigen – innerhalb des nächsten Jahres.«

Der Daimon strich sich über das Kinn und für einen Moment sah es aus, als würde er dabei über zwei Hörner streichen, die ihm dort sprossen. Dann wiederum war es nur ein Bart. Dann ein glattes Kinn. »Dein Leben für das des Dovoiser König«, sagte er.

»Nein!« Plötzlich war Akkaria neben mir, ihre Finger schlossen sich wie Klauen um meinen Ellenbogen. »Shareen, das kannst du nicht –«

»Ich bin nicht auf den Kopf gefallen«, zischte ich ihr zu und befreite meinen Arm. Ich sah wieder zu dem Daimon. »Gib mir die Befähigung, das Problem selbst zu lösen, dafür behalte ich mein Leben.«

»Dann überlebt der König«, wandte der Daimon ein.

»Ich kann auf Rache verzichten, solange sich mein eigentlicher Wunsch erfüllt: Ende des Gemetzels, Fall des Königreiches, Aufstieg meines Volkes.«

Der Daimon musterte mich abschätzig. Meine Nackenhaare stellten sich auf.

»Einverstanden«, sagte er und das träge Lächeln, das über

sein Gesicht kroch, gab mir das Gefühl, in eine Falle getappt zu sein.

Aber was hatte ich für eine Wahl?

»Einverstanden«, bestätigte ich.

»Shareen!«, entfuhr es Akkaria entsetzt.

Ich wandte mich zu ihr um. »Es ist nötig. Für unser Volk.« Ich zog sie in eine rasche Umarmung und drückte ihr einen Kuss auf die Stirn. »Du wirst meinen Platz als Königin einnehmen, Kari. Sei stark.«

Ich drehte mich zum Daimon und trat näher an den Beschwörungskreis heran. »Ich bin bereit.«

Teil II

Ein Tisch. Ein reich verzierter Weinpokal. Wände aus schweren Stoffbahnen. Ich befand mich im Zelt des Dovoiser Königs. Ich fühlte mich seltsam, gleichzeitig allmächtig, aber auch schwach und ausgeliefert. Gleichzeitig überall und doch nirgends.

Was war zuvor passiert? Jetzt war ich hier und vorher … hatte ich neben dem Heidelbeerhain gestanden. Dazwischen war nichts. Als hätte es die Zeit nicht gegeben. Oder *mich* nicht.

Gleichzeitig wusste ich Dinge, die ich eigentlich nicht wissen konnte. Obwohl ich dem König hinter mir den Rücken zuwandte, hörte ich nicht nur, dass er die lange Klinge aus der Scheide zog, sondern sah auch die entschlossene Körperhaltung, den wütenden Gesichtsausdruck. Außerdem wusste ich, dass die Pflanze, die in einem zerbrochenen Topf zu meinem Füßen lag, ein Gefängnis war. Mein Gefängnis. König Kostja hatte erst vor wenigen Sekunden an einem der Blätter gerieben und dann vor Schreck das Gefäß fallen gelassen. Ich war nicht dabei gewesen, ich hatte keine eigene Erinnerung daran und doch ... *wusste* ich diese Details einfach. Als hätte sie mir jemand erzählt.

Die Klinge glitt durch meinen Bauch hindurch, ohne Schaden zu verursachen. Ich starrte auf sie hinab, auf meinen Brustkorb, dann auf meine Hände. Alles sah anders aus. Diese Hände waren größer, kräftiger. Ich griff nach der Klinge, die aus mir herausragte. Meine Finger trafen auf nichts, fuhren durch sie hindurch. Als wäre das Schwert eine Illusion.

»Was ...«, entfuhr es mir irritiert.

Ich sah auf meine Füße in den fremdartigen Stiefeln. Sie sahen menschlich aus, wirkten, als würden sie den Boden berühren, nur spüren konnte ich diesen nicht. Ich war Teil und zugleich Nicht-Teil dieser Welt. Der Daimon hatte mich zu seinesgleichen gemacht!

Mein Blick glitt wieder zur Pflanze auf dem Boden. Ein zarter Heidelbeerzweig, meine Schwester hatte ihn dem Dovois-König auf Knien und unter Tränen überreicht und versprochen, dass er seine innersten Wünsche erfüllen würde. Auch das wusste ich, obwohl ich nicht selbst anwesend gewesen war, sondern nur der Zweig.

Wünsche.

»Ich bin ein Dschinn«, flüsterte ich betroffen.

Als einer der niederen Daimonen war die Macht eines Dschinns sehr beschränkt und folgte sehr definierten Regeln: Manche Dschinn konnten exakt drei Wünsche erfüllen, andere Gegenstände in Gold verwandeln und wieder andere Krankheiten bringen. Sie waren lange nicht so mächtig wie andere Daimonen, aber nicht weniger gefährlich, denn sie nährten sich von den Gefühlen der Menschen – manche Sehnsucht, manche von Angst, manche von Habgier. Es gab nicht wenige Berichte darüber, wie sie ihre Beschwörer in den Wahnsinn getrieben hatten. Dass ich selbst nicht sogar als freier, vollkommen ungebundener Daimon mein Unheil trieb, war nur der Geistesgegenwart meiner Schwester zu verdanken, die mich an den Heidelbeerzweig gebunden hatte – noch so eine Erinnerung, die ich einfach *hatte*. Es hatte nicht viel gefehlt und der Handel wäre bereits nach hinten losgegangen.

Diesmal fuhr die Klinge durch meinen Kopf hindurch. Ungeduldig drehte ich mich zu König Kostja um. »Ich bin ein Dschinn!«, wiederholte ich und meine Stimme klang erstaunlich tief. »Hast du der Zaraleene nicht zugehört, die dir die Pflanze überreicht hat? Ich habe nur eine feste Beschaffenheit, wenn ein Mensch mich berührt. Nur eine Priesterin mit dem entsprechenden Wissen kann es mit mir aufnehmen.«

König Kostja richtete trotzdem das Schwert auf meine Kehle. »Ich will, dass du wieder verschwindest!«

Die Welt wurde wieder zu Nichts.

Der Heidelbeerzweig stand vor mir auf dem Tisch, ohne Topf. Die lose Erde häufte sich um seine Wurzeln zu einem Berg, die Scherben lagen noch immer auf dem steinigen Boden. König Kostja saß daneben in einem Stuhl mit goldverzierten Löwenfüßen. Diesmal ließ er sein Schwert stecken, sah mich einfach nur an. Etwas in der Art, wie sein Blick meine Gestalt abtastete, gab mir das unbestimmte Gefühl, er würde mehr als das tun. Als würde er sich jede Linie, jedes Detail einprägen. Als würde er unter die Kleidung blicken, als würde er in mich *hinein* blicken, mich stumm verzehren.

Es hätte unangenehm sein müssen, immerhin war er der Feind. Aber es war nicht unangenehm. Im Gegenteil: Es gab mir auf seltsame Weise das Gefühl, mächtig zu sein. Ich verlagerte mein Standbein und genoss, wie er der Bewegung mit den Augen folgte.

»Woher –«, setzte er an, sah dann weg und presste die Faust gegen die Lippen. »Woher wusste Königin Akkaria –« Er brach erneut ab.

»Was?«, hakte ich nach.

»Wie konnte sie das wissen?«, stieß Kostja aus, sprang auf und begann im Zelt auf und ab zu laufen. »Niemand weiß das! Nicht einmal meine engsten Vertrauten. Aber jetzt sieh dich an!« Er fuhr zu mir herum. In seinem Gesicht brodelte und zuckte es, als gäbe es zu viele Emotionen darunter.

»Was ist falsch an meinem Aussehen?« Ich verstand nicht. Ich hatte sein Interesse gespürt, ich spürte es auch jetzt noch – es war wie ein unsichtbarer Faden, der uns verband. Und ihn zu mir zog.

Auch wenn er es für Wut hielt, die ihn zu mir treten ließ. Er starrte mich herausfordernd an, obwohl er zu mir aufsehen musste. »Falsch?«, fragte er. »*Falsch?* Du bist –« Er machte eine unwirsche, hilflose Handbewegung. »Du bist verdammt noch mal ein Mann!«

»Ein Mann?« Die Bezeichnung fühlte sich intuitiv so falsch an, dass ich lachen musste. »Ich bin ebenso wenig ein Mann, wie eine Frau. Ich habe kein Geschlecht und gleichzeitig viele, und kann in jeder Gestalt Kinder gebären. Ich bin ein *Dschinn*.«

»Aber du siehst aus wie ein Mann!«

»Dadurch bin ich noch lange keiner.«

»Woher verdammt wusste sie dann, dass du genau diese Gestalt annehmen musst?«

Die Anziehung zwischen uns wurde mit jeder Sekunde stärker, drängender. Und ich begriff. Ich hatte mich geirrt. Der Daimon hatte mir nicht die Macht verliehen, beliebige Wünsche zu erfüllen. Stattdessen konnte ich ganz explizite Wünsche wahr werden lassen. Ich sollte ihn verführen.

Ihn, den Schlächter meines Volkes.

In meinem Kopf konnte ich beinahe das schadenfrohe, hässliche Lachen des Daimons hören. Mir wurde schwindelig, Übelkeit stieg in mir auf.

»Sie hat keine Ahnung, welche Gestalt ich für dich habe«,

brachte ich heraus und kämpfte gegen die widersprüchlichen Gefühle. Abscheu und Begierde. Ich hatte nicht gewusst, dass sie so nah beieinander liegen konnten.

»Für jeden nehme ich eine andere Form an«, zwang ich mich zu sagen, um mich selbst abzulenken. »Mein Körper hat stets die, die man am meisten begehrt.«

»Sie weiß es nicht?«

»Selbst wenn sie hier im Raum stehen würde, würde sie etwas anderes sehen.«

Die Schultern des Königs sanken herab. »Oh«, machte er und sein Blick wanderte mit neuem Interesse über mich. Zögernd trat er noch näher, hob er eine Hand und legte sie auf meinen Oberarm, fühlte die Muskeln unter dem Gewand. Die Schwerkraft verschob sich, meine ganze Wahrnehmung konzentrierte sich plötzlich auf diesen Kontakt.

»Faszinierend. Es fühlt sich tatsächlich echt an«, murmelte er.

Ich wollte seine Hand wegschlagen, wollte ihn zu Boden stoßen, ihn fragen, wie er sich anmaßte, mich zu berühren.

Doch ich war aus einem Grund hier. Ich war hier, *damit* er mich berührte, *damit* er seinen Verstand an mich verlor.

Nichts, vor dem man sich fürchtete, wurde je besser, in dem man es aufschob. Deshalb packte ich den König kurzerhand am Kragen und zog ihn zu mir, presste meinen Mund auf seinen. Er war zu erschrocken, um zu reagieren – zuerst. Dann brach sein Widerstand und er erwiderte den Kuss. Für einen kurzen Moment war es berauschend. Ich atmete pure Macht, seine Nähe allein machte mich real, verankerte mich erst in dieser Welt. Ich wollte mehr, *brauchte* mehr, brauchte –

Dann stieß er mich von sich.

Er lachte und wischte sich den Mund ab, als hätte ich dort einen verräterischen Fleck hinterlassen. Es fühlte sich an, als hätte er mir etwas Kostbares genommen. Ich wollte dieses Gefühl nicht.

»Du, mein lieber Dschinn, wirst mir noch sehr nützlich sein«, erklärte er mir. »Aber nicht so, wie es diese Daimonen-Anbeterinnen geplant haben.« Er wedelte nachlässig mit der

Hand in meine Richtung. »Verschwinde. Ich werde dich rufen, wenn ich dich brauche.«

Teil III

Die tiefstehende Sonne warf lange Schatten über bunte Fliesen. Ein flaches, breites Bett mit üppig verzierten Kissen halb verborgen hinter einem Vorhang, schwere Kerzenleuchter in den Ecken. Als ich das letzte Mal in diesem Schlafgemach gewesen war, hatten die Schatten von den brennenden Dächern vor dem Balkon hergerührt. Ein panischer Diener hatte gegen die Tür gehämmert und geschrien, dass die Königin tot war.

Jetzt gab es einen König und er hatte überall seine Zeichen hinterlassen. In der eisernen Rüstung, die neben dem Tisch bereit stand. An der Landkarte, die hing, wo zuvor jahrhundertealte Kratzkunst die Beschwörung des ersten Daimons abgebildet hatte. Er hatte schwere Bolzen in die Wand getrieben und der Anblick stieß sie auch mir mitten in die Seele.

»Heute Abend wird mein oberster General mit mir speisen«, sagte König Kostja. Er schritt unruhig auf und ab. Die Heidelbeerpflanze hatte einen neuen, unscheinbaren Topf auf dem Tisch. »Ich werde ihm eine besondere Ehrung versprechen. Im Anschluss schicke ich dich zu ihm.« Er trat zum Tisch und schenkte sich aus einem Krug Wein in einen goldverzierten Pokal, trank einen Schluck. Er sah mich nicht an. »Versuche, aus ihm herauszubekommen, was du kannst. Geheimnisse, Intrigen, andere Liebschaften. Alles, was du in Erfahrung bringen kannst.«

»Du misstraust ihm«, stellte ich fest.

»Er ist der einflussreichste Mann in meinem Reich. Natürlich misstraue ich ihm.«

Vor allem misstraute er mir. Diese vermeintliche Aufgabe war ein Test, sein General war sicher ebenso auf mich angesetzt wie ich auf ihn. Kostja würde beide Berichte abwarten und dann seine Schlüsse ziehen.

»Such dir einen Menschen für diese Spielchen, ich bin nicht dein Sklave.«

»Ernährt ihr Dschinn euch nicht von unseren Gefühlen – oder in deinem Fall von unserer Lust? Ich biete dir damit sozusagen ein Festessen auf dem Silbertablett an.«

»Nein, du willst, dass ich mit ihm *rede*.«

»Nur nebenbei.«

»Warum sollte ich nicht einfach mit ihm schlafen, ohne zu reden?«, hakte ich nach. Er brauchte ja nicht zu wissen, dass mir die Vorstellung Übelkeit bereitete.

Er setzte den Pokal mit einem Klirren ab. »Schön. Was willst du?«

»Sieh mich an.«

Seine Schultern versteiften sich.

Ich lachte. »Eben. Du weißt genau, was ich will.«

»Horche den General aus und ich bringe eine Person deiner Wahl zu dir.«

»Derjenige, der fordert, muss auch zahlen.«

»Ich stehe nicht zur Verfügung!«, entfuhr es ihm und er schleuderte den leeren Pokal gegen die Wand. Dieser prallte ab, rollte über die bunten Fliesen ... und blieb dort liegen, wo sich eigentlich mein rechter Fuß befand. Erinnerte mich daran, was ich war. Ich zog den Fuß weg und trat hinter Kostja. Nah genug, dass er meine Präsenz hinter sich spüren musste, aber entfernt genug, um ihn nicht zu berühren.

»So viel Anspannung«, raunte ich ihm ins Ohr. »Habe ich doch mehr Eindruck bei dir hinterlassen, als du dir eingestehen willst?« Meine Lippen strichen über die Verbindung zwischen Hals und Schulter. Sacht. So ein simpler Kontakt und doch ... und doch floss das Gefühl wie eine machtvolle Welle durch mich hindurch.

Ich tat es für mein Volk. Für die Menschen, die zwischen den Trümmern der eingestürzten Dächer begraben lagen.

Aber wenn ich ehrlich war, dann tat ich es auch für mich. Dort, wo meine Lippen auf seiner Haut lagen, übertrug er etwas auf mich. Es machte mich mehr als nur lebendig, mehr als nur mächtig. Es war das, wofür ich lebte. Das, was ich selbst war. Ich existierte nur in dieser Berührung. Ich existierte nur durch ihn. In meinen Adern rauschte es, drängte mich dazu, mehr zu tun, den Abstand zwischen unseren Körpern auszulöschen und Kostja jeden klaren Gedanken zu nehmen.

Er fuhr zu mir herum und fasste nach meinem Kinn. »Lass das, Dschinn«, zischte er.

Sein Griff war schmerzhaft, aber jetzt sah er mir direkt in die Augen. Ja, es gab keinen Zweifel daran, dass er mich begehrte, dass die Erinnerung an unseren Kuss in den vergangen Tagen in ihm angewachsen war, bis sie zu einem unbezähmbaren Biest wurde.

»Warum fürchtest du mich?«, flüsterte ich. »Wir hätten beide etwas davon.«

Er ließ mich abrupt los und trat zurück. Seine Brust hob und senkte sich rasch, als würde er gegen den Sog ankämpfen. Dann zog er einen Dolch von seinem Gürtel.

»Das hatten wir doch schon«, sagte ich milde. »Du kannst nicht –«

Er trat nicht zu mir, sondern zur Pflanze, setzte die Klinge an ihrem Stamm an. Ich erstarrte. Das hätte er nicht wissen dürfen. Nur Priesterinnen wussten das.

»Ein weiterer Versuch in meine Richtung«, spuckte er aus, »und das war's für dich. Haben wir uns verstanden?«

Die Angst lähmte mich, vergiftete meine Gedanken. Ich durfte nicht sterben. Ich *musste* leben, für Akkaria, für die Zaraleen. Ich war der direkte Weg zu ihm, die einzige Möglichkeit etwas zu verändern.

Ich senkte den Kopf. »Bitte, ich kann nichts für meine Natur.

Lass mich leben. Lass mich ...« Ich hoffte innig, dass ich jetzt keinen Fehler beging. »Daimonen sind an ihre Versprechen gebunden. Lass mich einen Eid ablegen, der die von mir ausgehende Gefahr beseitigt.«

»Dann schwöre, dass du fortan nicht mehr versuchen wirst, mich ... zu verführen.« Die letzten Worte presste er nur noch heraus.

»Ebenso gut könnte ich von dir verlangen, nicht mehr zu atmen.«

»Was soll dann –«

»Ich könnte dir schwören, dir deine Seele zu lassen. Dir nie mehr zu nehmen, als du verkraftest. Dann müsstest du mich nicht mehr fürchten, dann bräuchtest du nicht mehr gegen das Begehren ankämpfen.«

Ich würde ihn dazu bringen, mir zu vertrauen. Wenn er meine Nähe suchte, wenn ich für ihn seine Untergebenen aushorchte, wenn ich ihn in den nächsten Schritten beriet. Es würde ihn nicht zu Fall bringen, aber wenigstens würde ich auf diese Weise das Schicksal meines Volkes zum Besseren lenken können.

König Kostja ließ den Dolch sinken. »Einverstanden.«

Teil IV

Das Schlafgemach roch anders als sonst. Ihre bloße Anwesenheit machte es anders, erinnerte an Duftöle, zerstoßene Beeren und Kerzenrauch, an alte Rituale und verblichene Schrift auf rissigem Pergament. Ich hatte beinahe vergessen, wie es früher in diesem Raum gerochen hatte. Zu Mutters Zeit, zu unserer Zeit.

»Kari!« Ich umarmte sie stürmisch. Sie fühlte sich gut an – anders als Kostja, zierlicher, aber in ihrem Körper schlummerte so viel Energie, dass sie durch die Kleidungsschichten in mich hineinsickerte. Ich vergrub meine Nase in Akkarias Haaren und sog ihren Duft ein. Sog *sie* ein.

Sie kämpfte gegen meine Arme an und im gleichen Moment begriff ich, was ich da tat. Betroffen wich ich zurück, auch wenn es sich anfühlte, als würde ich mir selbst damit alle Freude entziehen. »Verzeih mir.«

Sie presste die Lippen aufeinander und musterte mich einmal von oben bis unten. Die sehnigen Hände, die breiten Schultern, die leichte Bauchrundung. Ihr Blick blieb an meinem Mund hängen, bevor sie blinzelte und Abscheu in ihre Züge kroch. »Ich wollte es nicht glauben.«

»Was tust du hier? Was, wenn dich die Wachen –«

»Ich musste es mit eigenen Augen sehen. Dass tatsächlich jegliche Überreste meiner Schwester verschwunden sind. All das, an was sie geglaubt hat. Aber jetzt kann ich es nicht länger abstreiten.«

»Was? Ich bin nicht verschwunden, das gerade, die Dschinn-Magie, das war nur ein Versehen. Kari, ich habe so viel erreicht! Wer glaubst du denn, hat Kostja überredet, die Bibliothek mit dem gesammelten Wissen unserer Kultur zu bewahren? Einen Großteil der Stadt den Zaraleen zur Selbstverwaltung zurückzugeben und beim Wiederaufbau der Tempel zu helfen? Warum glaubst du, sind du und einige hochrangige Zaraleen inzwischen Mitglieder seines Rates?«

»Diese Dinge habe *ich* erreicht, nicht du! *Ich* habe mich da draußen mit dem Elend auseinandergesetzt, das dieser Krieg hinterlassen hat. *Ich* habe unseren Leuten Mut zugesprochen und es wieder auf die Füße geholt. *Ich* habe dem Dovoiser König gezeigt, dass wir ein stolzes, kulturell hoch entwickeltes Volk sind, dessen Wissen ihm nützen kann. Während du dich mit ihm – und wie vielen seiner beliebtesten Untertanen? – nur zwischen den Kissen gewälzt hast!«

Ihre Worte trafen mich so sehr, dass ich nicht einmal mehr

wusste, wo ich anfangen sollte, ihr zu erklären, wie falsch sie lag. »Ich habe alles immer nur für uns getan. Für unser Volk.«

»Mein Volk? Oder dein Volk?«

»Wie meinst du das?«

»Du bist nicht mehr meine Schwester, du bist nicht einmal mehr eine Zaraleene oder ein Mensch. Alles, was du getan hast, hat auch dafür gesorgt, dass die alten Rituale und das Wissen über die Daimonenbeschwörung nicht verschwinden. Damit die Daimonen ihren Griff um uns nicht verlieren, damit sie uns weiter mit Versprechungen locken und dann zerstören können. So, wie sie meine Schwester zerstört haben.« Sie zog ein gekrümmtes Messer aus ihrem Kurzstiefel. »Aber es ist nicht zu spät, noch Schlimmeres zu verhindern.«

Mein Blick schnellte zu der Pflanze neben ihr auf dem Tisch und dann zu ihr zurück. »Du!«, entfuhr es mir und das Grauen schnürte mir die Kehle zu. »Du warst es, der Kostja verraten hat, wie er mich bedrohen kann!«

»Ich bin mit ihm in Verhandlung getreten, so, wie meine Schwester es auch hätte tun sollen! Lieber mit Menschen verhandeln als mit Daimonen. Ich habe mein Wissen gegen Rechte für die Zaraleen getauscht. Hätte sie sich damals nur auf ein einziges Gespräch mit ihm eingelassen, hätte auch sie sofort seine Schwachstelle erkannt: Er misstraut seinen eigenen Leuten mehr als uns.« Sie senkte die Stimme. »Und das zurecht.«

»Warte. Bitte!« Ich legte ihr eine Hand auf den Arm und sie blickte auf meine Finger hinab. Zwischen uns pulsierte etwas, etwas Zwingendes, etwas Mächtiges, das mich dazu drängte, mit dem Daumen über ihren Unterarm zu streichen. Ich kämpfte dagegen an. Wenn ich ihm nachgab, würde ich damit mein eigenes Todesurteil unterzeichnen.

»Ich tue niemandem etwas, oder? Jedenfalls niemandem von Bedeutung für dich. Lass mich leben.«

Sie sah zu mir auf und einen Moment lang konnte ich meine kleine Schwester in ihren Augen wiedererkennen. Die, die ich zurückgelassen hatte auf der Lichtung zwischen den Heidelbeersträuchern. »Du nicht.« Sie wies mit der Klinge auf meinen

Bauch. »Aber das *Ding* da drin wird es.«

Ich zog die Hand zurück, legte sie schützend auf die schwache Wölbung, die sich nicht mit meiner Verwandlung verstecken konnte. Auf das Wunder.

»Ich wollte es nicht glauben«, sagte Akkaria. »Ich dachte nicht, dass es möglich wäre.«

»Es ist ein unschuldiges Kind«, flüsterte ich.

»Es ist ein Daimonenkind! Es wird deine Kräfte haben, wäre aber an nichts gebunden!«

»Es ist auch ein Menschenkind! Du bist seine Tante! Wie kannst du –«

»Ich bin nicht seine Tante, denn du bist nicht meine Schwester. Dieses Ding ist der beste Beweis dafür. Shareen hätte niemals zugelassen, dass ein Daimon freigesetzt wird.« Sie wandte sich wieder der Pflanze zu.

Ich stieß ihr die Beine weg. Sie riss mich mit, wir fielen in einem wilden Knäuel auf den Boden. Ich versuchte, sie niederzuringen. Ihr irgendwie die Klinge zu entwenden. Doch sie trat nach meinem Bauch. Sofort versuchte ich, mit den Händen die Tritte abzublocken.

»Wache!«, schrie ich. »Hilfe!«

Die Tür flog auf, zwei Soldaten in voller Rüstung stürmten herein. Allerdings griffen sie nicht nach Akkaria, sondern nach *mir*. Wann und wie hatte meine Schwester sie auf ihre Seite gezogen? Doch sie fassten daneben, schlossen ihre Hände nicht genug, weil das Metall durch mich hindurch ging. Ich wich vor ihnen zurück und bemühte mich, Blickkontakt mit einem von ihnen aufzunehmen. Er verlor prompt seine Angriffshaltung.

Doch hinter ihnen rappelte sich Akkaria auf und stürzte zum Tisch. Im selben Moment stürmte Kostja durch die offene Tür herein. Er brauchte nur eine Sekunde, um die Situation zu erfassen. Eine Sekunde, in der sich unsere entsetzten Blicke trafen. Er zog sein Schwert und wandte sich zu Akkaria um. Die zweite Wache fuhr herum und versuchte ihn abzufangen –

Akkarias scharfe Klinge trennte den Stamm knapp über den Wurzeln durch. Der Schmerz riss die Welt entzwei.

Teil V

Der Wind pfiff durch die kleine Hütte und bedeckte alles mit Staub. Der Boden bestand aus getrampelter Erde. Statt Schränken gab es offene Regale, Kräuter und Säcke, die von der Decke hingen. Meine Beine fühlten sich seltsam schwach an, meine Hände zittrig.

»Den Göttern sei dank, es hat funktioniert!« Kostja schlang die Arme um mich und verhinderte damit, dass ich zu Boden fiel. Ich hielt ihn fest, ganz fest, auch wenn der Bauch sich zwischen uns schob. In mir brannte noch immer die Angst und der Verrat nach. Ich fühlte mich vollkommen ausgehöhlt. Meiner Ziele beraubt. Nur mein Kind ... Mein Kind war noch da. Die schwache Regung in meinem Inneren trat flaue Erleichterung in mir los.

»Was ist passiert?«, fragte ich und meine Stimme klang so rau, als hätte sich der Sand in der Luft auch in meinem Hals festgesetzt.

Hinter Kostja auf dem Boden stand ein Kochtopf, randvoll gefüllt mit Erde. In seiner Mitte saß ein Stumpf, knapp Daumenhoch, und neben ihm streckte sich ein einziges, winziges Blatt aus der Erde. Ich hätte wissen sollen, wie der Topf hierher gelangt war. Aber das Wissen fehlte mir genauso, wie dem Heidelbeerzweig für lange Zeit die Kraft gefehlt hatte.

»Hier.« Kostja half mir, mich auf den Boden zu setzen, und behielt einen Arm um meine Schultern, um mich abzustützen. »Wie geht es dir? Du siehst furchtbar aus.« Er lachte scharf und Tränen hinterließen helle Linien im Staub auf seinen Wangen. Ihr Anblick schockierte mich. Ich war nützlich für ihn, ja.

Er begehrte mich, natürlich. Aber das hier? Davon hatte ich nichts gewusst.

»Was ist passiert?«, wiederholte ich.

»Sie haben geputscht«, sagte Kostja trocken. »Meine Generäle, meine Minister, einfach alle haben sich gegen mich zusammengeschlossen. Stattdessen haben sie jetzt einen Hohen Rat eingerichtet, der das Reich lenken soll. Die ehemalige Zaraleen-Königin hat das eingefädelt. Ich hätte sie köpfen sollen, als wir die Stadt unterworfen hatten.«

»Sie hat dich jetzt auch nicht geköpft.«

»Aber dich.« Er verstärkte seinen Griff um meine Schultern. »Ich habe die Wurzeln aus dem Abfall gerettet und mit hinausgeschmuggelt. Ich habe so gehofft ...«

Mit jeder Sekunde, die er mich festhielt, kehrte ein wenig mehr Leben in mich zurück. Aber es geschah unendlich langsam.

»Was kann ich tun, damit du wieder zu Kräften kommst?«, verlangte Kostja zu wissen. »Soll ich mit dir schlafen? Soll ich noch mehr Leute holen, mit denen du schlafen kannst? Mein Königreich ist bereits verloren, aber dich und das Kind kann ich vielleicht retten.«

Ich öffnete den Mund. Ich wollte ihn darum bitten, mich von meinem Eid zu erlösen und mir seine Seele zu geben. Ich war mir sicher, er würde es tun. Für mich. Für mein Kind.

So, wie ich als Mensch ebenfalls alles für meine Familie, mein Volk geopfert hatte. Und dafür nur verraten worden war.

»Danke«, sagte ich lediglich und lehnte meine Stirn gegen seine.

Im Knast

Personen: *Knusperhexe, Drache, Gestiefelter Kater, Schneewittchens Stiefmutter, Frau Holle, Böser Wolf (BW), allwissender Erzähler, Psychiater*

Im Therapieraum eines Gefängnisses für Schwerverbrecher. Die Patienten sitzen auf Stühlen in einem Kreis, ganz vorn der Psychiater.

PSYCHIATER: Guten Tag. Willkommen zu unserer ersten Sitzung.

Vereinzeltes Gemurmel und Nicken.

PSYCHIATER: Ich schlage vor, Sie stellen sich zu Beginn erst einmal nacheinander vor und erzählen mir, wie Sie überhaupt hierhergekommen sind. Dann kann ich mir ein Bild von der Lage verschaffen und sehen, was ich für Sie tun kann. Bitte, wer will anfangen?

ALLWISSENDER ERZÄHLER: Der Gestiefelte Kater. Der will das immer.

GESTIEFELTER KATER: Ich hab einen König gefressen, um meinem Herren dessen Königreich zu besorgen.

PSYCHIATER: Nun ... das war vermutlich nicht richtig.

GESTIEFELTER KATER: Er war ein böser König.

SCHNEEWITTCHENS STIEFMUTTER: Ich wollte Früchte verkaufen. Bio-Obst. So was ist ungespritzt, muss man wissen. Das hält nicht lange. Dann hab ich mich im Wald verirrt und danach trotzdem die Früchte zum Verzehr angeboten. Dummerweise hat das Mädchen dann eine Lebensmittelvergiftung bekommen. Da war das Obst wohl schon nicht mehr gut.

ALLWISSENDER ERZÄHLER: *(Korrigiert.)* Sie haben es Ihrer Stieftochter angeboten, nachdem Sie tagelang damit unterwegs waren.

STIEFMUTTER: Genau das war offensichtlich das Problem. Weil ich ihre Stiefmutter bin, dachten sie offensichtlich, ich hätte das absichtlich getan. Hab ich nicht, ehrlich. Und sie hat es doch überlebt, oder?

PSYCHIATER: Auch der Tötungsversuch ist strafbar.

STIEFMUTTER: Ich habe nicht –

PSYCHIATER: Und wie steht es mit Ihnen, Frau Holle?

FR. HOLLE: Schwere Körperverletzung mit bleibenden Schäden.

PSYCHIATER: Bitte? So sehen Sie gar nicht aus.

FR. HOLLE: Dachte ich auch. Nun ja, ich schätze Arbeit eben sehr hoch und wer sich drückt, gehört meiner Meinung nach bestraft. Also habe ich das faule Stück mit Pech übergießen lassen.

PSYCHIATER: Und?

FR. HOLLE: War wohl leider etwas heiß, das Zeug. *(Grinst.)* Und haftet gut, das muss ich sagen. Sie wird es nie wieder abbekommen.

PSYCHIATER: Uhm, ja. Ich sehe schon, mit Ihnen habe ich noch ein gutes Stück Arbeit vor mir.

FR. HOLLE: Arbeit ist gut.

PSYCHIATER: *(Verunsichert.)* Ja, richtig. Ähm ... der Nächste. Warum sind Sie denn hier, mein geschuppter Freund?

DRACHE *dreht weiter Krällchen und ignoriert ihn.*

PSYCHIATER: Herr Drache?

ERZÄHLER: Er hat Minderwertigkeitskomplexe.

DRACHE *horcht auf.*

PSYCHIATER: Tatsächlich?

ERZÄHLER: Ja, er redet ständig davon, dass es ihn nicht geben dürfte.

DRACHE: *(Entscheidet nun doch, sich angesprochen zu fühlen.)* Guckt mich doch an! Ich habe Flügel, die mich eigentlich nicht tragen dürften, speie Feuer, das ich eigentlich nicht erzeugen können dürfte und habe Schuppen am Leib – die eigentlich nur wechselwarme Tiere haben. Aber habt ihr schon mal davon gehört, dass man Drachen erst für ein paar Stunden in die Sonne legen muss, bevor man sie reiten kann?

ERZÄHLER: Sehen Sie.

DRACHE: *(Mit Krokodilstränen in den Augen.)* Mich gibt es eigentlich nicht. Ich bin nur eine Illusion.

PSYCHIATER: Und Sie sind hier –

DRACHE: Ich bin nicht hier.

PSYCHIATER: Verzeihung, Sie sind also *nicht* hier, weil …

DRACHE: Ich hab nur die Prinzessin bewacht – so wie *sie* es wollte!

PSYCHIATER: Noch ein Unschuldiger, soso.

DRACHE: Ehrlich! Ich sollte ihr doch nur die Liebhaber vom Hals halten … Hunde steckt man doch auch nicht ins Gefängnis, weil sie das Haus bewachen, oder?

PSYCHIATER: Vermutlich nicht, nein. Hunde haben aber auch kaum ein eigenes Bewusstsein.

GESTIEFELTER KATER: Und Katzen auch nicht?

PSYCHIATER: Nun, Sie scheinen sowieso ein schwerwiegendes Problem zu haben. Ich vermute eine Bewusstseinsstörung, ausgelöst durch zu hohen Milchkonsum und –

BW: Und was ist mit mir?

PSYCHIATER: Nun ja, Sie stellen mich in der Tat vor ein Rätsel.

ERZÄHLER: Sie meinen, weil er sogar erfolgreich im Musikge-schäft tätig ist.

PSYCHIATER: Fangen Sie mir ja nicht damit an. *(Massiert sich die Schläfen.)* Ich komme gerade erst aus einer Sitzung mit den Bremer Stadtmusikanten. Es ist quasi *unmöglich* denen beizubringen, dass sie keine musikalische Begabung besitzen und niemand sie hören will.

ALLWISSENDER ERZÄHLER: Ich weiß.

PSYCHIATER: Über Sie müssen wir uns auch noch unterhalten.

ERZÄHLER: Ich weiß.

PSYCHIATER: *(Wieder an BW.)* Nun noch einmal zu Ihnen. Bei Ihnen war irgendsoeine Mädchen-Oma-Geschichte, wenn ich mich recht erinnere.

BW: Ja. Ich soll angeblich ein Mädchen und eine alte Frau gefressen haben. Die dann von einem Jäger, der zufällig vorbeikam und meine Schnarchgeräusche hörte, wieder herausgeschnitten wurden und – oh Wunder – immer noch lebten. Ich meine, wie absurd ist *das* denn?! Anstatt mal in den Korb der Göre zu gucken. Nach einer Flasche Wein wür-den auch Sie bei ihrer Oma einen Pelz und eine Schnauze sehen.

PSYCHIATER: Das bezweifle ich doch stark. Lassen Sie uns mal weit zurück in ihre Vergangenheit gehen ...

BW: *(Schüttelt so grimmig den Kopf, das seine Lefzen tropfen.)* Aber so ist das. Wer übernimmt schon die Verteidigung für einen Wolf.

PSYCHIATER: Ihr Künstlername spricht da zugegebenermaßen aber auch gegen Sie. Unter *Böser Wolf* würde man nicht gerade einen Kinderfreund vermuten. Halten Sie sich denn für einen?

BW *runzelt misstrauisch die Stirn.*

ERZÄHLER: Sie hätten eben nicht unter die Rapper gehen dürfen.

PSYCHIATER: *(Eilig.)* Dann dazu später mehr. Wen hatten wir denn noch nicht ... ah, Frau Knusperhexe. Was –

ERZÄHLER: Sprechen Sie sie besser nicht an.

PSYCHIATER: Warum?

ERZÄHLER: Sie hat sogar Angst vor Kindern.

PSYCHIATER: Das ist interessant. Was in ihrer Kindheit mag ...

ERZÄHLER: Nicht in ihrer Kindheit – so schlimm ist es erst seit Kurzem. Sie war zwar schon immer menschenscheu – deswegen hat sie sich auch ihren Kindheitstraum erfüllt und ein Haus aus Süßigkeiten gebaut, und zwar mitten im Wald und fernab von Menschen. Aber dann kamen zwei dieser Dorfkinder und haben sich einen Spaß daraus gemacht, ihr nun ... sozusagen wortwörtlich das Dach über dem Kopf wegzuessen. Das hat ihr natürlich nicht gefallen. Sie hat ihnen gedroht und die Kinder sind daraufhin zur Polizei gegangen, mit der Behauptung gefangen gehalten und gemästet worden zu sein, damit sie bald dick genug wären, um von Frau Knusperhexe gegessen zu werden.

PSYCHIATER: *(Interessiert.)* Und hat es funktioniert? Die Beschuldigung meine ich natürlich.

ERZÄHLER: Das sehen Sie doch – sonst wäre sie nicht hier. Wem würden Sie denn eher glauben: unschuldigen Kindern oder einer schrulligen Alten?

PSYCHIATER: Ist denn bewiesen, dass sie nicht wirklich …

ERZÄHLER: Ja.

PSYCHIATER: Nun, Sie müssen es ja wissen.

ERZÄHLER: Ja.

PSYCHIATER: Ich vermute bei Ihnen Demütigungen im Kindheitsalter aufgrund mangelnden Wissens, das Sie nun im Alter wettmachen wollen, indem Sie eine größere Informationsfülle vorgeben, als Sie haben.

ERZÄHLER: Ich könnte auch wegen Spionage oder Informationshandel hier eingeliefert worden sein.

PSYCHIATER: *(Nachdenklich.)* Nun, das wäre in der Tat möglich. Dennoch scheinen auch Sie mir eine gewisse Bewusstseinsstörung aufzuweisen, die vermutlich …

ERZÄHLER: Entschuldigen Sie bitte. Wer sitzt denn hier und unterhält sich mit Märchenfiguren? Da wollen Sie mir doch nicht wirklich etwas von Bewusstseinsstörungen erzählen, oder?

PSYCHIATER: Wie meinen Sie das?

ERZÄHLER: Nun, Sie glauben doch nicht im Ernst, dass es diese Personen *(deutet auf die anderen Sitzungsteilnehmer)* alle gibt?

PSYCHIATER: Doch natürlich … offensichtlich … ich wurde doch hierher bestellt, um sie zu behandeln und …

ERZÄHLER: *(Mit einem wissenden Nicken.)* Ich verstehe. Dann lassen Sie uns am besten ganz weit zurück in Ihre Kindheit gehen ...

Schuhliebe

»Stimmt so!«, versicherte Lara Fortate und drückte der Fahrerin wie immer einen Zwanziger in die Hand. Die Frau lächelte sie hinter ihrer Sonnenbrille hervor an. Lara verabschiedete sich noch einmal, öffnete die Autotür und stieg aus. Strahlender Sonnenschein empfing sie. Vergnügt blinzelte sie in die Sonne und ließ die Tür zufallen. Das Taxi fuhr ab. *Ines Dux, Mitte vierzig, eins siebzig groß, Schuhgröße vierzigeinhalb, sportlicher Typ mit Vorliebe fürs Alternative, Taxifahrerin.*

Lara schob sich die Handtasche zurecht und ging die Straße entlang. Mit jedem Schritt klapperten ihre Absätze auf dem unebenen Bürgersteig. Mit jedem Schritt näherte sie sich ihrem Geschäft. Wie jeden Tag.

Sie bog in die nächste Straße ein. Verkehrslärm übertönte nun die Geräusche der unzähligen Schuhpaare, die hier im Minutentakt über die Steine vor den Schaufenstern liefen. Lara sah auf die Uhr. Es war kurz nach eins. Die neue Lieferung musste also schon eingetroffen sein. Unwillkürlich beschleunigte sie ihr Tempo. Erst vor einem großen Schuhgeschäft hielt sie inne. Ihrem Schuhgeschäft.

In der Auslage waren nur fünf Paar Schuhe zu sehen. Lara mochte diese Zahl. Jedes von ihnen hatte einen festgelegten

Platz, an dem es seine Wirkung am besten entfalten konnte. Damensandalen – der neueste Schrei. Turnschuhe – bequem, strapazierfähig, preiswert. Badelatschen – chic und rutschfest. Hausschuhe – Schönheit auch für den Alltag. Und das fünfte Paar: Männerschuhe. Bei ihrem Anblick musste Lara lächeln. Ganze sieben Wochen und zwei Tage lang hatte sie über dem Projekt gebrütet, den perfekten Männerschuh zu erfinden. Natürlich war das rein subjektiv. Doch genau das machte den Reiz aus. Lara wollte Schuhe designen, die für *sie* die Vollkommenheit waren. Und nun thronten sie dort auf dem farblich passenden dunkelblauen Samtkissen und warteten auf ihren zukünftigen Besitzer.

Sie hatte aufgehört zu zählen, wie viele Leute sie schon nach diesem Paar gefragt hatten. Doch Lara hatte vorgesorgt. Sie würde nicht zulassen, dass bald jeder Mann, dem sie auf der Straße begegnete, ihre geliebten Schuhe trug. Nein, keiner sollte sie tragen dürfen, dem das nicht zustand. Dort, vom Lampenlicht umflutet, lagen die einzigen zwei Schuhe, die Lara davon hatte herstellen lassen. Größe Vierundvierzigdreiviertel. Und sie würden dort warten, bis der passende Mann kam.

Lara lächelte. Schon als Kind von drei Jahren hatte es begonnen. Das Märchen von Aschenputtel, dem Mädchen, das durch eine Schuhanprobe von ihrem Traumprinzen gefunden wurde, hatte ihr immer am besten gefallen. Nun war sie erwachsen. Aber ihre romantischen Vorstellungen hatten sich nicht geändert. Es gab hunderte Männer, die sie anhimmelten, doch Lara hatte sie alle strikt zurückgewiesen. Ihre Welt waren Schuhe. Wenn es einen Mann gab, den sie lieben konnte, dann den, dem diese Männerschuhe passten. Sonst keinen. Das war ihr oberstes Gebot. Wozu verbrachte sie sonst jeden Tag damit, morgens neue Schuhe zu kreieren, nachmittags für einige Zeit lang selbst in ihrem Geschäft zu stehen und sie zu verkaufen, abends die Skizzen von ihren Ideen zu entwerfen und jeden Samstag diese bei ihrem Schuster abzuliefern? Wozu hatte sie ihr Leben und ihre Leidenschaft in das Erfinden und Verkaufen von guten Schuhen für jeden Geschmack gesteckt, wenn sie einen Mann nahm, der nichts davon verstand, der nicht ihre *Lieblingsschuhe* tragen konnte? Nein, lieber starb sie als alte Jungfer, so viel war klar.

Lara betrat ihren Laden. Eine blonde Frau hinter der Kasse setzte sofort ihre Kaffeetasse ab und kam auf sie zu. *Carmen Acer, achtundzwanzig, ein Meter achtundfünfzig groß, Schuhgröße neununddreißig, praktische Veranlagung mit hohem Selbstbewusstsein trotz zeitweilig mangelnder Intelligenz, Schuhwarengeschäftsangestellte.*

»Die neue Lieferung steht schon hinten im Lager. Ich wollte die Schuhe einsortieren, aber Nathalie hat mich zurückgehalten. Sie meinte, du würdest lieber alles genau kontrollieren wollen, obwohl es sonst auch nie Fehler gab.« Carmen zuckte gleichgültig die Schultern. »Also hab ich es gelassen.«

»Wie gut, dass Nathalie da war«, bemerkte Lara mit kühlem Unterton. Vielleicht war es doch keine gute Idee gewesen, Carmen einzustellen. Hätte sie ihr Vorhaben tatsächlich ausgeführt, wäre sie nun jedenfalls arbeitslos gewesen.

Lara nickte im Vorbeigehen allen Kunden, die sich zur Zeit im Geschäft befanden, freundlich zu. Jeder von ihnen hatte einen beratenden Angestellten des Ladens zur Verfügung. Der Schuh durfte nur gekauft werden, wenn er wirklich zum Käufer passte. Ihre Schuhe wurden nicht verschwendet.

Es war dämmrig im Lager. Das einzige Licht kam von einer nackten Energiesparglühbirne an der niedrigen Decke. Nichts in diesem Raum erinnerte an das helle, freundliche Geschäft vorn. Hier gab es nur kalte Regale und jede Menge Schuhkartons. Lara nahm sich einen Stapel vor, der gleich rechts neben der Tür stand. Nacheinander öffnete sie die Schachteln, nahm die Schuhe heraus und überprüfte sie mit fachkundigem Blick. Auch diesmal hatte alles seine Richtigkeit. Wie immer. Zufrieden baute Lara den Turm wieder auf. Grandin verstand eben seine Arbeit.

Sie hob den wackligen Stapel von sechs Kartons hoch und balancierte ihn durch die Tür zurück in den Verkaufsraum. Leicht war es nicht, aber nach all den Jahren besaß sie Übung darin.

Bisher war ihr dabei noch nie etwas heruntergefallen, und das würde es auch heute nicht.

Sie schlängelte sich zwischen den schlichten, zierlichen Schuhschränken hindurch und platzierte ein Paar nach dem anderen. Im Vergleich zu anderen Läden waren die Auslagen hier relativ leer. Lara mochte keine Überfülle. Dadurch lenkten die Schuhe nur gegenseitig von einander ab. Laras Technik dagegen hatte sich behauptet, sie waren das bekannteste Schuhgeschäft der Stadt. Ihre Lippen kräuselten sich. Einfälle musste man haben, das war alles.

»Kann ich Ihnen behilflich sein?«, erklang plötzlich eine Stimme hinter ihr. Lara hätte beinahe alles fallen gelassen. Beinahe. Aber sie tat es nicht. Stattdessen drehte sie sich nach dem Sprecher um.

Es war ein Mann, ungefähr in ihrem Alter. Er war einen Kopf größer als sie und hatte braune Haare. Eine Locke fiel ihm in die Stirn. Um seine nachtblauen Augen hatten sich Lachfalten gebildet und sein Mund war jetzt ebenfalls zu einem vergnügten Lächeln verzogen. Machte er sich über sie lustig? Niemand zuvor hatte das getan.

»Bisher war ich es immer, die fremden Menschen in diesem Geschäft ihre Hilfe angeboten hat. Trotzdem: nein, danke. Ich bin nicht so schwach, wie ich vielleicht wirke.« Sie erwiderte sein Lächeln.

»Na dann ...«, meinte der Mann. Zu Laras Überraschung verbeugte er sich – und verließ sie.

Lara sah ihm nach. So einem Mann war sie noch nie begegnet. Vielleicht ist *das* mein Prinz, dachte sie. *Herr Namenlos, Mitte dreißig, eins achtzig, Schuhgröße sechsundvierzig, lässigelegant, eventuell Schriftsteller.* Mist! Seine Füße waren eineinviertel Nummern zu groß. Ein Prinz ohne die richtigen Schuhe.

Hatte sie sich verschätzt, falsch geraten? Nach all den Jahren? Noch nie hatte sie sich geirrt, wenn es darum ging, jemandem die richtigen Schuhe auszusuchen. Noch nie hatte sie gezweifelt. Aber jetzt ...

Nein. Nein, wenn er nicht die richtige Schuhgröße hatte,

dann war er auch nicht ihr Mann aus dem Märchen, nicht ihr Happy End. Ein wenig tat es ihr leid. Eine und eine Viertelnummer! Hätte sie keine Vierundvierzigdreiviertel, sondern eine sechsundvierzig erwählt ... Nun, aber sie hatte sich an ein Versprechen gebunden. Da ließ sich nichts machen.

Jemand tippte ihr auf die Schulter. Der Kartonstapel schwankte gefährlich, aber Lara konnte ihn noch vor einem Sturz bewahren. Es war Carmen.

»Was gibt es?«, erkundigte sich Lara, hatte jedoch Mühe, ihre gewohnte Gelassenheit wiederzufinden.

Carmen wickelte gelangweilt eine hellbraune Strähne um ihren Finger. »Ich hätte dich ja nicht gestört, aber da Nathalie immer wieder betont, wenn es einen Interessenten für das Paar Herrenschuhe aus dem Schaufenster gäbe, solle er dir *auf jeden Fall* vorgestellt werden ...«

Lara stellte vorsichtshalber den Turm ab. Konnte das möglich sein? Hatte ihr Herr Namenlos vielleicht doch Vierundvierzigdreiviertel? Sie wagte zu lächeln. Doch, er war es bestimmt. Ihr erstes Gefühl täuschte sie nie. Jetzt, durch seine Ansprache, war sie verwirrt gewesen. Aber sie bekam ihren glücklichen Ausgang der Geschichte!

»Hier ist Herr Senis. Er möchte das Paar kaufen«, stellte Carmen vor. Ein Mann trat vor.

Laras Lächeln flackerte bedrohlich. Sie schloss die Augen und versuchte, sich zu beruhigen. Doch das Bild blieb: Die grauen Haare, die mürrischen Falten um den Mund, eine zu groß wirkende Jacke.

Herr Senis, Ende sechzig, eins sechzig groß, Schuhgröße Vierundvierzigdreiviertel, verheiratet.

Aura

Niemand achtete auf mich. Der Blick einiger weniger blieb an mir hängen, wie ich unsicher im Türrahmen des Klassenraums stand. Aber sie musterten mich nur von oben bis unten und wandten sich dann wieder ihren Gesprächspartnern zu. Niemand pfiff, niemand machte einen verletzenden Spruch, niemand ließ sich von der Tischplatte gleiten, stellte sich mir in den Weg und zupfte an meiner Frisur oder an meinen Kleidungsstücken herum. Ich war beinahe geschockt darüber, wie sich das anfühlte.

Ich betrat den Raum und ging den Weg, den ich wollte. Am Lehrertisch vorbei, an den Fenstern entlang, bis zu einer Bankreihe, die mir gefiel. Erst ein Platz an den vier zusammengeschobenen Tischen war besetzt.

»Hi«, sprach ich das Mädchen an. »Kann ich mich neben dich setzen oder ist da schon reserviert?«

»Nein, klar.« Sie zog ihre Tasche ein Stück zur Seite, damit ich besser an den Stuhl neben ihr kam.

Und ich hängte meine Jacke über die Lehne und setzte mich. Ohne Sorge davor, dass jemand im letzten Moment den Stuhl unter mir wegzog. Ohne Sorge davor, dass jemand den Stuhl mit mir darauf ranschieben würde, bis sich die Tischplatte schmerzhaft in meinen Bauch bohrte.

Ich hatte nicht gewusst, dass Finger auch vor Erleichterung zittern konnten, aber ich hatte Schwierigkeiten, den Reißverschluss meines Rucksacks aufzubekommen.

»Hast du zum Halbjahr den Kurs gewechselt?«, wollte meine Nachbarin wissen.

»Nein, die Schule.«

»Ah.« Sie grinste. »Das erklärt, warum ich dich noch nie gesehen habe. Ich bin Alex.«

Ich lächelte zurück. »Bica.«

Unwillkürlich hob sie die Brauen.

»Eigentlich Bianca«, beantwortete ich die unausgesprochene Frage.

An der Tür brach Gejohle aus. Unwillkürlich sah ich mich um.

Ein Typ hatte den Raum betreten, wurde dafür abgeklatscht und königlich gefeiert. Ein Blick auf ihn – dunkle Haare, dunkle Augen, eine Kinnlinie wie sie männliche Models einer Parfümwerbung besaßen – und das Hochgefühl in meinem Magen krampfte sich zu einem Knoten zusammen. Nicht, dass ich ihn schon einmal gesehen hätte. Aber das war auch nicht nötig. Ich kannte Typen wie ihn. Noch bevor er seine Jacke auszog, wusste ich, dass darunter ansehnliche Armmuskeln zum Vorschein kommen würden. Ich war instinktiv abgestoßen.

»Das ist Taylor.« Alex grinste wissend, interpretierte mein Starren falsch. »Aber stell dich hinten an, die halbe Schule steht auf der Warteliste.«

»Das kann ich mir denken«, murmelte ich. Wäre ich jemand anderes gewesen als ich war, dann hätte ich mich vermutlich zielstrebig an ihn rangeschmissen. Dafür gesorgt, dass er mich mochte. Die Zugehörigkeit zu einer beliebten Person hätte mir einen gewissen Schutz geben können, sobald es wieder losging. Aber mit Typen wie Taylor, deren Ego wie ein Superheldenmantel um sie herumwehte, wollte ich nichts zu tun haben. Typen wie er brauchten nicht empathisch oder rücksichtvoll zu sein, schließlich machte sie das in den Augen der Frauenwelt nur begehrenswerter. Typen wie er knackten das Selbstvertrauen anderer wie manche Menschen Ü-Eier. Sie brauchten die Erniedrigung, um sich selbst groß zu fühlen.

Er war derjenige, vor dem ich am meisten auf der Hut sein musste.

Ich wollte mich gerade zu den anderen Wartenden vor den Bioraum stellen, da trat mir jemand in den Weg.

»Bica, richtig?«

Nein, nicht jemand. Taylor. Für einen Moment rechnete ich bereits mit einem fiesen Grinsen, mit einem Schubs gegen die Schulter ... Aber das war der falsche Film, die alte Schule. Angesichts seines Lächelns bildete sich trotzdem Eis in meiner Magengrube.

Ich war erst anderthalb Tage an dieser Schule und trotzdem hatte ich schon die wildesten Geschichten über ihn gehört. Angeblich war er nicht einfach ein Aufreißer, er war *der* Aufreißer. Laut Alex hatte er sogar schon – Zitat – »drei Bräute gleichzeitig« gehabt. Auf ihrer eigenen Geburtstagsparty. Und sie war auch noch stolz darauf, eine von ihnen gewesen zu sein.

»Du kommst vom Grimm-Gymnasium?«, hakte Taylor nach.

»Jepp.« Ich versuchte, das Gefühl zu überspielen, das allein der Name in mir auslöste. *Das Schneewittchen vom Grimm-Gymnasium.*

»Ach, von *der* Schule bist du?« Wie aus dem Nichts war Alex neben mir. Anscheinend hatte sie einen Taylor-Detektor.

»Seid ihr umgezogen? Oder warum hast du gewechselt?«, wollte Taylor von mir wissen.

Ich entschied mich für eine vorsichtige Antwort. »Bin von meiner Mutter zu meinem Vater gezogen. Wollte einfach weg.«

»Wem sagst du das.« Alex schnalzte mit der Zunge, zog wie erhofft den falschen Schluss. »Ich warte auch nur noch drauf,

bis ich achtzehn werde, dann bin ich Zuhause raus. Übrigens.«
Sie stieß mich an. »Ich hab dich online nicht gefunden. Bist du
nicht auf Insta, Twitter, Facebook oder so?«

»War ich mal.«

*Schneewittchen ist vorhin voll abgegangen. Dabei wollte ich ihr nur
den Stuhl ranschieben. Sie ist doch schwach und muss sich schonen.
#gentlemanoftheday*

Ich zog eine Grimasse, versuchte die Erinnerungen wieder
dorthin zurückzuschieben, wo sie herkamen. »Hab beinahe eine Sucht entwickelt«, rechtfertigte ich mich. »Dann hab ich die
Notbremse gezogen.«

Ich hatte gedacht, es wäre wenigstens ein kleiner Sieg, wenn
es mir gelingen würde, alle Kommentare zu kontern. Aber im
Endeffekt hatte sie es nur befeuert.

*Schneewittchen ist gerade in Geschichte umgekippt. Hat diesmal
dabei sogar gesabbert. #eklig #freak*

»Aber dann müssen wir ja im realen Leben herausfinden,
wer du bist. Das ist so was von Zweitausender«, meinte Taylor
und grinste, zeigte mehrere Grübchen der Marke Liebesroman-
Cover. »Erzähl doch mal, Bica, wie ist dein Beziehungsstatus?
Was sind deine geteilten Lebensereignisse? Und am wichtig-
sten: Hast du mehr oder weniger als hundert Freunde?«

Alex lachte.

Was wollte er? Glaubte er, ich würde mich für ihn anpreisen
wie ein Produkt? »Um die Antwort darauf zu erhalten, musst
du mir erst eine Freundschaftsanfrage stellen«, gab ich zurück.

Und biss mir sofort auf die Zunge. Das würde er mich sicherlich bereuen lassen.

»Alle eine Runde mitkommen!«, unterbrach uns die Stimme
der Biolehrerin. Für einen Moment war ich erleichtert – bis
sie ergänzte: »Wir müssen die Mikroskope aus dem Schrank im
Nachbarraum holen.«

Genau das hatte das erste Mal einen Anfall verursacht.

Als ich um die Ecke sprintete, fuhr der Bus gerade los.

»Scheiße, verdammt!« Doch statt als Fluch entkam es mir als Beinahe-Schluchzen. Das, was da gerade davonfuhr, wäre meine Rettung gewesen. Der direkte Weg nach Hause. Meine Hoffnung darauf, dass es losgehen würde, wenn ich unbeobachtet war und gut gepolstert auf einer Couch lag – nicht im Stehen und unter Zeugen im nächsten Bus. Ich wusste nicht, ob ich noch Stunden oder nur Minuten hatte. Die ersten Anzeichen hatten bereits während der letzten Viertelstunde des Biologieunterrichts begonnen.

Auf wackeligen Beinen ging ich die letzten Meter und ließ mich auf einen Plastiksitz an der Haltestelle sinken. In meinem Mund sammelte sich ein metallischer Geschmack, der langsam meine Speiseröhre hochkroch und kalte Finger in Richtung meines Nackens ausstreckte. Die Warnung. Die Drohung. Die Aura.

Verdammtes Mikroskop mit seinen viel zu hellen, viel zu winzigen bunten Punkten. Ich hätte mich freistellen lassen sollen. Aber das wäre die Garantie für die Art Aufmerksamkeit gewesen, die ich nicht wollte.

Schritte trommelten über Steinplatten. Dann schoss jemand um die Ecke.

Natürlich Taylor. Wer sonst. Es musste ja er sein, in genau dieser Situation.

»Der Bus ist schon weg.«

»Das ist jetzt nicht wahr, oder?« Er stoppte seinen Lauf, fluchte herzhaft. »Da fährt man einmal Bus statt Fahrrad und dann das. Ich schwöre, ich mach das nie wieder!«

»Der nächste kommt in zehn Minuten. Die wirst du wohl aushalten können.«

»Und mein Anschluss kommt vielleicht nicht alle zehn Minuten?«

»Oh nein. Des Meisters kostbare Zeit wird vergeudet.«

Er musterte mich von oben bis unten. Mit dieser Arroganz und dem Selbstbewusstsein in seiner Haltung, die man nur besaß, wenn man nie echte Probleme kennengelernt hatte. Wenn man nicht wusste, wie es sich anfühlte, wenn die Welt unter den eigenen Füßen weggezogen wurde und man sich plötzlich auf dem Boden befand. Bildlich und wortwörtlich.

Verdammt. Das metallische Gefühl schob sich vom Nacken unter meine Kopfhaut und kroch mir den Schädel hinauf. Und mit ihm kam die Angst. Ich wollte nicht das Bewusstsein verlieren. Wollte nicht, dass es mir die Kontrolle über meinen Körper entriss. Wollte etwas tun, *irgendetwas*, um es aufzuhalten.

Aber es gab nichts. Lediglich die Möglichkeit, zu verhindern, dass ich mit dem Kopf auf die Steine schlug. Oder an meinem eigenen Speichel erstickte.

Das Schneewittchen vom Grimm-Gymnasium.

»Taylor?« Morgen würde ich das hier bitter bereuen. Aber für den Augenblick hatte ich keine Wahl. Ich stellte meinen Rucksack auf dem Boden ab. »Ich muss dich um etwas bitten.«

»Du willst jetzt nichts Unanständiges von mir, oder? Denn was auch immer Alex erzählt –«

»Es kann sein, dass ich gleich nicht mehr ansprechbar bin«, unterbrach ich ihn. »Für den Fall, dass ich zusammenklappe, versuch mich bitte abzufangen. Und dann leg meinen Rucksack oder eine Jacke unter meinen Kopf, als Polster. Versuch –«

»Was ist los? Ist dir schwindlig? Wenn du die Beine hoch –«

»Ich werde nicht ohnmächtig!«

Mein scharfer Tonfall ließ ihn sichtbar zusammenzucken. Er riss die Hände hoch. »Okay, okay.«

»Wenn ich liege«, fuhr ich schnell fort, »dreh meinen Kopf, damit ich mich nicht an meiner eigenen Spucke verschlucken kann.« Da, ich hatte es gesagt. Er hatte es gehört. »Und geh außer Reichweite, es kann sein, dass ich um mich schlage. Verstanden?«

Taylor starrte mich mehrere Atemzüge lang nur an.

Ich wappnete mich innerlich für das Gelächter, das jeden Moment kommen würde. »Verstanden?«, hakte ich barsch nach.

Er fischte eine Packung Bonbons aus seiner Jackentasche und hielt mir einen davon hin. »Ingwer-Bonbons«, erklärte er. »Helfen mir immer, wenn ich nervös bin.«

Ich war so irritiert, dass ich ihn einfach annahm. Ich sah zu, wie er sich selbst einen in den Mund schob. Dann, zögernd, tat ich es ihm nach. Er war klein genug, kleiner als ein Daumennagel, dass ich nicht in Gefahr lief, mich daran zu verschlucken. Falls es überraschend losging. Und die süße Ingwerschärfe überlagerte zumindest den metallischen Geschmack.

»Sollten wir nicht den Notarzt rufen?«

»Die werden mir nicht helfen können. Ich hab eine Krankheit, okay? Und ich hab noch nicht die richtige Medikamenteneinstellung, um die Anfälle zu verhindern.«

»Anfälle?«

»Hast du ein Problem damit?«

»Du willst nicht drüber reden. Versteh schon. Kann mir vorstellen, dass so was ziemlich ätzend ist.«

Ich schnaubte. »Weil du auch *so* einfühlsam bist, ja?«

»Was meinst du?«

»Du hast mit drei Frauen gleichzeitig geschlafen! Das ist nicht beeindruckend, das ist eine Erniedrigung zur Massenware!«

Er blinzelte. Und dann gluckste er. »Boah, Alex dieses Tratschmaul. Hat sie wieder Geschichten ohne Kontext erzählt, ja?« Er schüttelte den Kopf. »Ich hatte drei *Bräute* gleichzeitig, nicht drei Frauen. Das war bei Alex' Geburtstagsfeier, noch im Kindergarten damals. Ich war der einzige Junge, den sie eingeladen hatte, und die Mädels fanden es furchtbar witzig, mit mir Hochzeit zu spielen.«

»Na klar.«

»Ehrlich wahr.«

Kurz sah ich ihn vor mir, als kleiner Junge, vielleicht noch mit Stupsnase und Zahnlücke. Dann sah ich wieder das selbstzufriedene Grinsen auf seinem Gesicht. Nein, das hier war nicht die Art Story, die jemand wie er freiwillig erzählt hätte. Er wollte mich nur aufs Glatteis führen, damit er später über meine Gutgläubigkeit lachen konnte.

»Soll ich dich nach Hause bringen?«, fragte er. »Nicht, dass du zwischendurch allein umkippst ...«

Oh ja, das wollte er bestimmt gerne sehen! »Damit du danach allen erzählen kannst, wie schwach ich bin oder was?«

Er runzelte die Stirn. »Nein, ich dachte nur ...«

»Danke, aber nein Danke! Ich bin weder schwach, noch unfähig. Klar?« Zitternd sprang ich auf und schnappte mir den Rucksack. »Und ich habe auch keinen Dachschaden! Ich habe einfach nur eine Krankheit!«

Ich marschierte los, ohne dass ich wusste, wohin. Oder was ich tun sollte, wenn mich der Anfall erwischte und ich allein war. Ich wollte nur weg von diesem verdammten Egomanen.

»Bica!«

Erst gab ich vor, ihn in dem Gedränge zwischen den Schülern im Gang nicht gehört zu haben. Doch anscheinend verfolgte er mich. Und als er wieder meinen Namen rief, sah ich ein, dass es keinen Sinn hatte. Die nächste Mathestunde hatten wir ohnehin zusammen, ich konnte ihm nicht aus dem Weg gehen.

»Ja?« Gereizt drehte ich mich zu ihm um.

Allein bei seinem Anblick wurde mir schlecht. In einer Hand hielt er eine frische Packung Ingwer-Bonbons. Damit ich gar nicht erst der Illusion erlag, er hätte das Intermezzo gestern vergessen. Wie viele Mädchen hatten in diese täuschend warmen, braunen Augen geblickt, während er ihnen ohne mit der

Wimper zu zucken das Herz brach? Nun, es gab wenig verletzende Sprüche über meine Eigenarten, die ich nicht schon gehört hatte.

»Bist du gestern noch gut nach Hause gekommen?«, fragte er jedoch zu meiner Überraschung.

»Was geht dich das an?«, schnappte ich. Notgedrungen hatte ich meinen Vater angerufen. Zwei Tage Schule und schon machte ich ihm bereits Umstände und er hatte mich abholen müssen.

»Ich hab mir halt Gedanken gemacht.«

»Über dich selbst?«

»Hab mich die ganze Zeit gefragt, ob ich dir hätte hinterherlaufen sollen. Und einen Krankenwagen rufen«, meinte Taylor. »Ich war so nervös, ich hab faktisch das Internet auf den Kopf gestellt, weil ich wissen wollte ... Jedenfalls wollte ich dir die hier geben.« Er hielt mir die Bonbon-Tüte hin. »Bianca bedeutet doch *die Weiße*, richtig? Und wer weiß, vielleicht hatte deine Namensschwester Schneewittchen ja auch Epilepsie? Ich meine ... vielleicht lag es gar nicht an einem Apfel, dass sie umgekippt ist. Und eine Prinzessin könnte es genauso erwischen wie jeden anderen.«

Hatte er den Spitznamen von meiner alten Klasse erfahren oder war er selbst auf diese schrecklich originelle Idee gekommen? Es fühlte sich an, als hätte er mir einen Stempel auf die Stirn gedrückt. *Schneewittchen, die Epileptikerin* stand darauf.

»Keine ... gute Assoziation?«, fragte er und zog die Stirn kraus.

Ungehalten nahm ich ihm die Bonbon-Tüte ab. Sie hießen *Ingwer-Zwerge*, ausgerechnet. Per Hand hatte er *Schneewittchens kleine Helfer* dazugeschrieben und ein kleines Männchens mit Spitzhacke, Knollennase und Zipfelmütze daneben gemalt. Es hätte beinahe niedlich sein können.

»War's das?«, stieß ich hervor. »Oder lässt du mich erst in Ruhe, wenn ich dir verspreche, dich nächstes Mal bei einem Zusammenbruch live dabei sein zu lassen?«

»Sag mal, was habe ich falsch gemacht?« Frustriert schoben sich seine Brauen zusammen. »Erst dein plötzlicher Ausbruch gestern und jetzt das hier ... Kannst du mir erklären, wo mein Fehler lag? Was auch immer es ist, es tut mir leid. Wirklich. Ich wollte wirklich nur mit dir befreundet sein. Ich würd dich ja bitten, mir eine zweite Chance zu geben – aber allmählich habe ich das Gefühl, ich hatte nicht einmal eine erste, oder?« Er drehte sich auf dem Absatz um.

Ich starrte ihm hinterher. Dann erneut auf die Zeichnung in meiner Hand. Es fühlte sich an, als würde mir die Welt unter meinen Füßen weggezogen werden. Nur diesmal, ausnahmsweise, auf eine gute Weise.

»Warte«, entschlüpfte es mir, bevor ich ganz zu Ende gedacht hatte.

Er wandte sich noch einmal um.

»Danke.« Ich hob die Tüte an. »Die haben mir gestern wirklich geholfen. Also ... es zumindest etwas verzögert.«

»Gern.« Sein Lächeln kam vorsichtig, aber da war es. Und plötzlich sah ich ihn, wie er war, und nicht nur seine Aura.

Drei Bienen für Aschenputtel

Bo wippte ungeduldig auf den Zehenspitzen vor und zurück. Sie sah zu, wie der Mann am Anfang der Schlange seinen Arm vor den mobilen Scanner hielt.

»ID 06754654818«, säuselte die elektronische Stimme, sodass es der ganze Saal hören konnte. »Kontostand: dreihundertzweiundsechzig BaEUmE.«

Der staatliche Ableser auf der anderen Seite des Tresens trug die Zahl per Hand neben den Stand der vorigen Wochen ein, nickte und winkte den nächsten heran. Hinter ihm war eines jener schrecklichen Plakate an die Wand gepinnt, die überall in der Stadt hingen: *ICH lade DICH zum diesjährigen Frühlingsball ein*, verkündete Tian, Sohn des größten Ökostrommoguls, mit einem breiten Lächeln. Man musste es nur schaffen, innerhalb eines halben Jahres die läppische Summe von tausend BaEUmE zu sammeln und schon flatterte einem die persönliche Einladung ins Haus. Bos Schwestern, Jia und Lin hatten inzwischen ihren gesamten Alltag darauf ausgerichtet, dieses Ziel zu erreichen.

Die Frau vor Bo wurde abgelesen – Kontostand: siebenhundertneunzehn – und der Ableser winkte Bo heran. Sie schob ihre Tasche höher auf die Schulter und hob den Arm an, damit er den Scanner über ihren Chip halten konnte.

»ID 32832074952. Kontostand: minus dreiundzwanzig BaEUmE.«

Der Mann runzelte die Stirn und fuhr mit dem Finger die Zeile entlang, in der die notierten Zahlen der vorigen wöchentlichen Ablesungen standen. »Sie werden langsam auffällig, Fräulein Feng.«

»Ich weiß.«

Kurz hob er den Kopf, um ihr einen Blick zuzuwerfen, dann durchsuchte er seine Unterlagen. »Sie werden erneut eine ÖkoSt absolvieren müssen, um Ihren ökologischen Fußabdruck auszugleichen.« Er schob ihr ein Papier zu. *ÖKOlogische STrafarbeit. Vitaminplantage Nord, Blütenbestäubung. Beginn 6:30 Uhr. Ende …*

»Wollen Sie es mitnehmen oder können Sie es sich merken?«

»Danke, da war ich schon mal, das geht ohne.« Und den Zettel mitzunehmen, hätte sie nur einen weiteren BaEUmE gekostet.

»Sie sollten dringend Ihre Einstellung zu unserer Umwelt überdenken, Fräulein Feng.«

»Solange ich am Ende bei plus minus null herauskomme, sollte es Ihnen doch gleichgültig sein, oder?«

»Je mehr BaEUmE wir einsparen, desto besser–«

»Für das Ökosystem. Schon klar.« Nicht umsonst hieß die Währung BaEUmE: *B*eitrag zum *a*llgemeinen *E*rhalt des *U*mwelt-*E*quilibriums. Und wenn man es im Ansparen zu vorbildlichen Leistungen brachte, bekam man eine Medaille und allerhand staatliche Auszeichnungen – und natürlich die Einladung zum Frühlingsball. Wundervoll.

Bo unterdrückte den Drang, ihn darauf hinzuweisen, was für Lücken dieses System hatte. Er war ein staatlicher Ableser, es gab nettere Dinge, als ihm ins Gesicht zu sagen, dass sie seine Arbeit unsinnig fand.

»Vielleicht klappt's ja nächste Woche«, meinte sie halbherzig, bevor er den nächsten heranwinkte.

Sie hatte die Hand gerade auf die Türklinke nach draußen

gelegt, als jubilierendes Kreischen am Schalter ausbrach. Kurz warf sie einen Blick über die Schulter auf Jia und Lin, die gemeinsam auf und ab hüpften wie Dreizehnjährige. Als hätten sie ihren eigenen Kontostand nicht gekannt. Als würden sie die Show nicht nur veranstalten, damit auch jeder mitbekam, dass sie die Tausend überschritten hatten.

Bo seufzte und drängte nach draußen.

Sie war die Letzte, die noch arbeitete. Alle anderen hatten ihre Anzahl an Bäumen bereits behandelt. Die Sonne begann bereits zu sinken und sie stand immer noch auf der Leiter, den Pinsel in der einen Hand, das Glas mit gemischtem Blütenpollen in der anderen. Tauchte den Pinsel in die Pollen und fuhr mit ihm über den Griffel, bestäubte so die Birnenblüten eine nach der anderen. Eine nach der anderen …

Es gab niemanden, der die exakte Durchführung ihrer ÖkoSt kontrolliert hätte, aber spätestens in ein paar Wochen würde man sehen, ob die Bäume, die ihr zugeteilt worden waren, ihre kleinen holzigen Früchte trugen oder nicht. Bo kletterte die Leiter hinunter, setzte Glas und Pinsel ab und rückte das Gestell zum nächsten Baum. Immerhin war es eine Arbeit, die sich von ihrer täglichen unterschied. Kein Fegen und Bodenschrubben, kein lautes Gezeter, wenn sie nicht schnell genug war. Hier war es bis auf das Blätterrauschen vollkommen still.

Wieder und wieder tauchte Bo den Pinsel in die Pollen, versuchte Ruhe und Geduld zu bewahren. Denn im Grunde hatte sie das hier gar nicht verdient. Ja, sie überzog regelmäßig ihr Konto, aber ihr *echter* ökologischer Fußabdruck war nicht halb so schrecklich, wie die Listen behaupteten. Zu Hause hatte sie

eine ganze Sammlung an Erfindungen – von einem Abwasser-
filter über eine kleine Papierrecycling-Anlage bis hin zu einer
Photosynthese-Maschine –, die effizienter waren als das, was
in den großen Betrieben verwendet wurde. Bei großflächigem
Einsatz könnte sie damit so viel mehr für die Umwelt tun, als
zur Buße ein paar Blüten zu befruchten. Nur würde sie diese Erfindungen nie jemandem zeigen dürfen. Müde streckte sie sich,
um einen Ast in ihre Richtung zu biegen.

Und hielt inne.

Da saß etwas. Etwas Kleines. Es war kaum größer als ihr
Daumennagel, es hatte Flügel und einen gestreiften Hinterleib,
der wie eine Maschine schwach zu pumpen schien. Vorsichtig
stupste Bo es mit dem Pinsel an, färbte das Wesen mit gelben
Pollen. Es reagierte. Nur ein bisschen, aber es reagierte. Die
Fühler schwankten durch die Luft und es drehte den winzigen
Kopf.

War das ... konnte das ...

Bo starrte es an. Aber das *konnte* nicht sein! Es war einfach nicht möglich. Wesen mit diesem Aussehen waren bereits
seit Jahrzehnten ausgestorben, sie hatte von ihnen gelesen. Wie
sollte das ...?

Was auch immer es war, es saß da schon eine Weile und war
unverkennbar entkräftet. Womöglich brauchte es Flüssigkeit.

»Nicht bewegen!«, befahl sie und hastete die Leiterstufen
hinab, sprintete zu ihrer Tasche und kramte darin nach ihrem
Sucrose-Wasser. Fand es ganz unten, nachdem sie den gesamten Inhalt im Gras verteilt hatte, und raste zurück, wieder die
Stufen hinauf – verdammt, beinahe wäre sie abgerutscht! –,
um dann die Flasche aufzuschrauben, etwas in den Deckel zu
gießen ... Ihre Finger zitterten, als sie das improvisierte Trink-
gefäß vor das kleine, unscheinbare Tier hielt. Erneut arbeiteten
die Fühler, es bewegte sich, wenn auch unbeholfen. Sie konnte
sogar zusehen, wie es einen Rüssel ausfuhr und damit nach dem
Deckel tastete. Als könnte es *riechen*, was ihm angeboten wurde.

»So ist's gut, trink«, flüsterte Bo. »Trink dich satt.«

Sie hätte es zu gerne verstanden. Alles – das mit dem Riechen, warum der kleine Körper so pumpte, wie diese Augen funktionierten, woher sie kam und ob sie wusste, wie sie dahin zurückkehren konnte. Oder die entscheidendste Frage von allen: wie sie überlebt hatte. Es gab so viele unergründete Antworten, die womöglich der Schlüssel dazu sein konnten ... dass sich etwas änderte. Was, wenn man sie zurückholen konnte, die Bienen? Wenn man von ihnen lernen konnte, wie die Welt verbessert werden musste, damit sie hier leben konnten?

Doch es gab niemanden, dem sie von ihrer Entdeckung – und ihren Ideen dazu – hätte erzählen können. Vermutlich hätte allein die Kenntnis, dass es sich um eine Biene handelte, Bo in Schwierigkeiten bringen können. Wissenschaft erzeugte einfach einen zu großen ökologischen Fußabdruck, bis auf einige wenige Zweige – wie Ökonomie und Soziologie – war sie inzwischen vollkommen eingestellt worden, ja, sogar verboten. Das labile Gleichgewicht musste gewahrt, die Welt in der Schwebe gehalten werden. Ein Schritt nach vorn konnte das befürchtete Kippen und eine Rückkehr der Grauen Tage zur Folge haben.

Also blieb Bo nichts weiter übrig, als mit angehaltenem Atem zu beobachten, wie die Biene den Rüssel ein- und ausfuhr, um ihn zu putzen. Die Bewegung wirkte noch immer fremdartig eckig, aber immerhin einen Hauch schneller und zielgerichteter als zuvor. Das war ein gutes Zeichen, oder? Bo wollte nicht zusehen müssen, wie dieses Wunderwesen vor ihren Augen starb. Sie wollte nicht ...

Mit einem leisen Summen der Flügel erhob sich die Biene in die Luft und Bo entfuhr ein verblüfftes Lachen. Fasziniert sah sie ihr hinterher, bis sie zu einem winzigen Punkt wurde und aus ihrem Sichtfeld verschwand.

Bo hielt ihren Arm vor den Scanner. »ID 32832074952. Eingeloggt. Kontostand: fünfzehn BaEUmE.« Mit einem leisen mechanischen Klacken wurde die Tür freigegeben und Bo zog sie auf.

Bis auf die beiden Terminals in der Wand war der Raum leer. Es gab keine Stühle, keinen Tisch, keine Dekoration. Nichts, was länger zum Verweilen einlud. Und doch ließ schon der Geruch nach Linoleum und Plastik Bos Herz klopfen, schickte ein Kribbeln durch ihre Adern. Es fühlte sich jedes Mal berauschend verboten an, hier zu sein.

Der Zettel hing immer noch dort, wo sie ihn ans Terminal geklebt hatte. *Suche Gleichdenkende.* Inzwischen war er nur noch da, weil sie austesten wollte, wann die Reinigungskraft die Geduld verlieren und ihn entfernen würde.

Bo scannte ihren Chip, ließ sich erneut ihren Kontostand ansagen und sah zu, wie die Maschine hochfuhr. Dann schaltete sich der Bildschirm an. Jetzt zählte jede Sekunde.

Mit nervösen Fingern tippte sie den ersten Suchbegriff ein, zog ihr kleines Notizbuch aus der Hosentasche und machte sich hastig Skizzen, notierte Stichworte, Zahlen, Fragen. Die Bilder von Bienen, die das Archiv ihr zeigte, ähnelten tatsächlich dem Tier, was sie vier Tage zuvor gesehen hatte, aber es war nicht ganz das gleiche. Zumindest auf den Fotos sahen sie kleiner aus und ihre Augen hatten eine kantigere Form. Bo kaute auf dem hinteren Ende ihres Stiftes, gab dann noch eine weitere Suchanfrage ein und versuchte, die Zahl am oberen Bildschirmrand zu ignorieren, die hochratterte. Jede einzelne Suchanfrage war so teuer wie ein Mitnehm-Kaffee im Pappbecher: die pure Verschwendung an Rechenleistung, eine Umweltsünde in Reinform. Dennoch scrollte sie durch Bilder von gelb-schwarz gestreiften Insekten, suchte unter den Wespen, Schwebfliegen und Widderbock-Käfern nach etwas, dass ihrem Besucher noch ähnlicher gekommen wäre.

»Warnung«, meldete eine elektronische Stimme und das Bild verschwand hinter einem rot leuchtenden Banner mit der Aufschrift: »Der zulässige Mindestkontostand zur Benutzung dieses Services beträgt: minus zwanzig BaEUmE. Ihr Kontostand ist nicht ausreichend. Bitte reduzieren Sie Ihren ökologischen Fußabdruck, um fortzufahren.«

Bo fluchte und drückte etwas heftiger auf den Aus-Knopf, als notwendig gewesen wäre. Sie schob das Buch zurück in die Hosentasche, hielt ihren Chip vor den Türscanner und verließ den Raum.

»ID 32832074952. Ausgeloggt. Kontostand: minus einundzwanzig BaEUmE.« Auch die Beleuchtung kostete.

Etwas, worüber sich Ökoprinz Szeto Tian sicherlich keine Gedanken machen brauchte. Bo starrte grimmig zu dem Plakat an der gegenüberliegenden Hausfassade. Die tausend BaEUmE für das Direktticket zum Ball verdiente er selbst vermutlich pro Stunde. Im Schlaf. Als Mitinhaber des größten Ökostromproduzenten *Lichtbringer* brauchte er nur zu existieren und sein Konto füllte sich. Das Wasser floss schließlich von allein durch die Turbinen.

Bo zeigte dem Plakat die kalte Schulter. Für den Zug reichte ihr Kontostand nun nicht mehr aus. Sie würde sich beeilen müssen, wenn sie es noch vor Einsetzen der Dunkelheit schaffen wollte. Selbst mit einem geliehenen Zweirad dauerte der Weg nach Hause anderthalb Stunden, nicht nur fünf Minuten.

Dieses Mal war sie die Einzige. Anscheinend hatten die Behörden beschlossen, dass für die verbleibenden Bäume nur noch eine Arbeitskraft gebraucht wurde. Während die Sonne sich langsam vom Horizont löste und in den Himmel stieg, schulterte Bo die Leiter und stapfte über die mit Morgentau überzogene Plantage bis zu dem Baum, an dem sie starten sollte.

Sie klappte die Leiter auf, schraubte den Deckel vom Pollenglas ab ... und ertappte sich dabei, wie sie den Himmel absuchte und lauschte. Es war absurd, ihr ganzes Wissen bezog sich auf die Bienen von früher, und wer wusste schon, ob ihr kleiner Besucher genauso funktionierte. Aber die Bienen von früher wären in ihren Stock zurückgekehrt, um dort zu kommunizieren, dass es hier auf der Plantage etwas zu holen gab – mindestens Sucrose-Wasser – und dann wären sie zurückgekehrt, in Scharen. Und hätten getan, was eigentlich Bos Aufgabe hier war, und das zehnmal effektiver.

Doch da war nichts. Still und verlassen lag die Vitaminplantage da, während die Sonne gemächlich höher stieg und Bo Blüte um Blüte bepinselte.

Lin und Jia würden jetzt vermutlich erst das Bett verlassen, um später in die Stadt zu fahren und Kleider für den Ball auszusuchen. Nur noch wenige Tage, dann würden diese nervenden Plakate endlich verschwinden und Jin und Lia zur Realität zurückkehren. Nicht mehr lange und ...

Bo ließ den Pinsel sinken und lauschte. Da war ein Summen! Und es kam gleich von mehreren Seiten.

Ein Dutzend dieser kleinen gestreiften Wesen schwirrten plötzlich zwischen den Bäumen umher. Fasziniert beobachtete Bo, wie eines davon zu ihr in die Baumkrone flog und nach mehreren Anläufen erfolgreich auf einer Blüte landete und hineinkrabbelte. Dann zur nächsten Blüte und zur nächsten ... Erst als sich die Biene vom Baum verabschiedete, erwachte Bo aus ihrer verzauberten Starre und kletterte die Leiter hinab, folgte ihr, so schnell sie konnte, zwischen den anderen Bäumen hindurch über die Wiese. Dann verlor sie ihr Beobachtungsobjekt jäh aus den Augen.

»Verdammt«, murmelte Bo. Wie sollte sie jetzt herausfinden ...

Eine andere Biene flog an ihr vorbei und erleichtert nahm sie erneut die Verfolgung auf. Verlor auch diese. Sah eine andere Biene, die ihr entgegenkam. Und noch eine weitere, die sie den Hügel hinabführte.

Die Reise endete an einem drei Meter hohen Metallzaun. Die Wiese ging dahinter weiter, bis zu den Füßen eines Glaskomplexes, auf dessen Dach der Schriftzug *Lichtbringer* prangte. Ein gigantischer Bildschirm am Turm in der Mitte schickte ein grellbuntes Video über die Wiese, das verkündete: *ICH lade DICH zum diesjährigen Frühlingsball ein!* Tian, wie er beim letzten Frühlingsball im Blitzlichtgewitter über einen Teppich schritt und Damen im Ballkleid begrüßte. Innenaufnahmen des festlich geschmückten Konzerngebäudes, von Streichern und funkelnden Champagner-Gläsern. Tian, der in die Kamera zwinkerte. Fließende Röcke und hauchzarte Handschuhe. Seidenfächer, kunstvoll arrangierte Frisuren und ein Buffet, das die spärlichen Lebensmittel, die sie sonst bekamen, verhöhnte.

Dass am Wochenende niemand hier war, um das Video zu sehen, und es seine Botschaft ganz umsonst in die Gegend leuchtete, interessierte keinen. Sie produzierten anscheinend genug BaEUmE, um das wieder auszugleichen.

Bo sah einer weiteren Biene zu, wie sie auf das Gelände entschwand. Also lief sie den Zaun einmal ringsherum ab, suchte nach einem Anhaltspunkt, einem Versteck ... Doch da war nichts außer dem in der Sonne glitzernden Glaspalast. Wussten die Mitarbeiter um die zusätzlichen Bewohner des Geländes? Oder war es womöglich gar kein Zufall und die Bienen gehörten zu *Lichtbringer*, stammten von einer geheimen Zuchtstation?

Nachdenklich trat Bo wieder den Rückweg an. Sie würde irgendwie dort hineinmüssen.

»ID 32832074952. Kontostand: Minus neunzehn BaEUmE.«

Die Zahl wurde in die Liste eingetragen. Der eingeteilte Ableser war jede Woche ein anderer, um möglicher Korruption vorzubeugen. »Eine unwesentliche Verbesserung, Fräulein Feng. Sie werden–«

»Eine ÖkoSt absolvieren müssen, ich weiß.«

»Nicht nur das«, sagte er, ohne aufzusehen. »Ich muss Sie leider verwarnen. Wenn Sie weiter derart gegen die Vorschriften verstoßen, werden Sie einbestellt.«

Einbestellt. Sie würde sich in einem öffentlichen Prozess für ihre Vergehen an Mutter Natur und der gesamten Menschheit rechtfertigen müssen. Bo versuchte, die Gänsehaut in ihrem Nacken zu ignorieren, und lehnte sich vor. Immerhin brachte das den Ableser dazu, den Kopf zu heben.

»Könnten Sie mich nicht für etwas einteilen, das einen größeren pädagogischen Effekt hätte?«, fragte sie. »Als Reinigungskraft für den Frühlingsball von *Lichtbringer* zum Beispiel? Sehen Sie, es ist die Arbeit, die ich auch hauptberuflich mache, ich bringe also eine gewisse Professionalität mit. Und es würde mir vielleicht den nötigen moralischen Anreiz geben, wenn ich zu sehen bekäme, was mir entgeht.«

»Nun ...« Der Mann durchsuchte seine Unterlagen. »Tatsächlich ist es so, dass noch händeringend Personal für den Ball gesucht wird. Es gibt zu viele, die hoffen, sozusagen noch in letzter Minute über die magische Tausend-BaEUmE-Schwelle zu hüpfen.«

Bo grinste. »Das könnte mir nicht passieren.«

»Nein«, bestätigte ihr Gegenüber trocken und schob ihr einen Zettel entgegen. »Aber Sie müssen einige Sicherheitstests bestehen, bevor Sie zugelassen werden. Hier finden Sie die Details. Möchten Sie sie mitnehmen?«

Wortlos hielt Bo ihren Arm vor den dafür vorgesehenen zweiten Scanner – »ID 32832074952. Kontostand: Minus zwanzig BaEUmE.« – und steckte sich das Blatt ein. Was tat man nicht alles, um hinter das Geheimnis einer ausgestorbenen Spezies zu kommen.

Während sich der Glaspalast innerhalb von Stunden zu einem emsig ratternden Uhrwerk gewandelt hatte, besprühte Bo eine Fensterscheibe nach der anderen, schrubbte und polierte sie blank. Immerhin kam sie dadurch zwar langsam, aber stetig voran, drang in einen Raum nach dem anderen vor, während sie sowohl innen als auch draußen nach Lebenszeichen von Bienen Ausschau hielt.

Jemand rollte einen goldenen Teppich an ihr vorbei. Ein anderer befestigte zusätzliche elektrische Kronleuchter unter der Decke, um der kühlen Konzernatmosphäre einen Schimmer Romantik einzuhauchen. Es gab einen Saal, der nur für das Buffet vorgesehen war. Und einen anderen, in den Musikboxen geschoben wurden, die Bo um einen Kopf überragten. Solche Heuchler! Selbst wenn sie durch die Direktticketvergabe einige zum Sparen animieren konnten, so würden deren läppische tausend BaEUmE doch niemals den Fußabdruck dieser Veranstaltung ausgleichen. Bo konnte quasi zusehen, wie vor ihren Augen der Meeresspiegel erhöht und die letzten fünf Tierarten ausgerottet wurden. Wenn sie nur all die BaEUmE –

Bo entglitt der Gedanke. *Da.* Da war eine von ihnen.

Achtlos ließ sie den Lappen in den Eimer fallen, sprang auf, folgte der Biene und versuchte zu erkennen, wohin sie strebte.

Nach oben?

Bo hob den Blick hin zu dem Turm, an dessen Frontseite ihr ein überdimensionierter Tian in der unendlichsten Wiederholung zuzwinkerte. Hatten sie ihren Stock womöglich oben auf dem Dach?

Sie schnappte sich ihren kleinen Putzwagen und marschierte los. Selbstverständlichkeit ausstrahlen und auf die Arbeitsuniform vertrauen. Tatsächlich war es einfacher, als Bo erwartet hatte. Nur noch an zwei ins Gespräch vertieften Wachmännern vorbei und sie befand sich im menschenleeren Treppenhaus, wo sie die Eimer zurückließ. Sie wollte gar nicht wissen, wie viele Stockwerke sie vor sich hatte. Zwanzig? Dreißig? Aber die Ein-Personen-Kapsel direkt daneben konnte sie sich nicht leisten, also stieg sie hoch. Und höher. Und höher. Zwischendurch musste sie innehalten und nach Luft ringen, ohne dass sie jedoch die Aussicht hätte genießen können, da ihr die Rückseite des Bildschirms die Sicht versperrte. Und höher und höher ...

Dann endete die Treppe. Mit dem Handrücken wischte sich Bo die verklebten Haare aus der Stirn, ging am Ausgang der Beförderungskapsel vorbei und zog an der Tür.

Sie war verschlossen.

Erschöpft lehnte sich Bo daneben gegen die Wand. Ihr Herz klopfte heftig gegen ihre Rippen, Lunge und Oberschenkel schmerzten. Natürlich war sie verschlossen, das hätte sie sich auch denken können.

Dann hörte sie Stimmen auf der anderen Seite der Tür und richtete sich alarmiert auf.

»... abgesprochen. Sie müssen Sie tragen, das steht vollkommen außer Frage«, sagte jemand, dem Klang nach eine Frau.

»Und ob es in Frage steht!«, hielt eine männliche Stimme dagegen und die Schritte verharrten direkt hinter der Tür.

»Letztes Jahr –«

»Mir ist es gleichgültig, ob ich letztes Jahr zugestimmt habe. Ich verhandle jetzt! Wie wirkt das denn – dieser Stromfresser an meinem Arm, während wir gleichzeitig ökologische Verantwortung predigen?«

»Und wie wird es wirken, wenn Sie ihn nicht tragen? Es wird aussehen, als könnten wir uns das nicht mehr leisten!«

»Wir?«

»Ihr Vater und Sie. Als würde das Unternehmen nicht genug abwerfen!«

»Wir veranstalten einen ganzen Ball, der demonstriert, wie sehr wir uns solchen Unsinn leisten können!«

»Hören Sie.« Die Frau versuchte, betont ruhig zu sprechen,

und machte damit deutlich, dass dass es in ihrem Inneren ganz anders aussah. »Sie sind das Aushängeschild dieses Konzerns, der Magnet–«

»Das Maskottchen!«

»– der uns die Teilnahme der Damen sichert. Und das soll auch für den nächsten Ball so bleiben.«

»Was wollen Sie damit andeuten?«

»Das Tragen der myoelektrischen Prothese würde Ihre Attraktivität erhöhen. Sie bekämen sowohl die Sympathie-Punkte als auch die Bewunderung dafür, dass Sie sich diese Art Technik leisten können.«

»Wohingegen die Plastikhand – oder besser noch der Stumpf – nicht verschleiern kann, was ich tatsächlich bin: unvollständig. Ist es das, was Sie mir sagen wollen?«

»Natürlich wollte ich nicht –«

»Und jetzt haben Sie nicht einmal den Mumm, dafür geradezustehen! Ich fasse es nicht ...« Mit Schwung wurde die Tür aufgestoßen und Ökoprinz Szeto Tian trat hinaus, stapfte auf die Beförderungskapsel zu und drückte auf den Knopf.

»Dann legen Sie sie eben an, aber benutzen Sie sie nicht!«

»Ha! Anscheinend haben Sie nicht den blassesten Schimmer, wie das Ding funktioniert!«, entfuhr es Tian und er drehte sich zu seiner Gegnerin um. Und sah Bo.

Es hatte keinen Sinn, so zu tun, als hätte sie die Befugnis, an diesem Ort zu sein. Ein Blick auf ihre schweißnasse Stirn und es war klar, dass sie nicht zu den üblichen Angestellten gehörte – die sicherlich einen Freischein für die Benutzung der Ein-Personen-Kapsel besaßen.

»Was suchen Sie hier?«, blaffte er.

»Bienen«, war das Erste, was Bo einfiel.

Immerhin nahm ihm das erfolgreich den Wind aus den Segeln. Statt sie zu beschimpfen, starrte er sie nur irritiert an. »Bienen?«, wiederholte er.

Und dann, bevor er auf die Idee kommen konnte, sie für ihr unbefugtes Betreten festsetzen zu lassen, sprintete sie zur bereitstehenden Beförderungskapsel. Hielt ihren Arm vor den

Scanner und drückte hastig auf die Knöpfe. Erdgeschoss, Türen schließen.

»ID 32832074952«, säuselte die elektronische Stimme, während Bo einen letzten Blick auf Tians verdutztes Gesicht erhaschte. »Kontostand: Minus fünfundzwanzig BaEUmE.«

Dann ging es abwärts.

Sie hatte sich mit fünf leeren Tüten und einem Paar Handschuhe bewaffnet. Die blasse Sonne stand noch nicht hoch am Himmel, Jin und Lia waren erst vor wenigen Stunden erschöpft in ihre Betten gefallen, aber Bo hatte die ganze Nacht kein Auge zubekommen. Sie war verschuldeter denn je und hatte eine gesetzlich angeordnete ÖkoSt abgebrochen. Wenn sie nicht sofort etwas tat, würde sie einbestellt werden. Einbestellt! Bei all ihrem Pokern hatte sie das doch immer zu vermeiden gewusst. Doch jetzt ...

Also würde sie Müll sammeln. Müssen. Ihr einziger Vorteil war, dass sie damit am Morgen nach dem Frühlingsball allein war. Die anderen waren entweder Teil davon gewesen – oder hatten sich auf einem der Plätze zur live-Ausstrahlung getroffen.

Es war eine mühsame Arbeit, denn es gab kaum jemanden, der auf diese Weise BaEUmE auf der Straße herumliegen lassen hätte. Wenn man die entsprechenden Tricks und Kniffe kannte – man musste dort suchen, wo der Müll vom Regen hingespült wurde –, fand man genug, um ein paar Tüten zu füllen. Aber es dauerte.

Ein Elektroshuttle fuhr an ihr vorbei und der Anblick war so ungewohnt in dieser Gegend, dass Bo sich aufrichtete, um ihm hinterherzusehen. Doch dann setzte das glänzende Fahrzeug zurück und hielt direkt vor ihr. Irritiert beobachtete sie, wie die Tür aufglitt ... und Szeto Tian ausstieg.

Ihr erster Gedanke war, dass ihr die Übermüdung nicht guttat und sie halluzinierte. Ihr zweiter, dass er sie festnehmen würde und eine Flucht vermutlich nichts nutzte.

»Feng Bo, nicht wahr?«

»Ich hatte keine bösen Absichten«, stolperte es Bo reflexhaft über die Lippen. »Ich wollte weder Ihr Unternehmen korrumpieren, noch einen Anschlag verüben. Ich war einfach nur neugierig.«

Der Ökoprinz musterte sie, die Handschuhe und den Müllsack in ihrer Hand. Er lächelte nicht, vielleicht hatte er seinen gesamten Vorrat an aufgesetzter Fröhlichkeit am letzten Abend aufgebracht. Das Hemd, das er trug, war zerknittert und dort, wo sein rechter Unterarm hätte sein sollen, befand sich – nichts. Nicht einmal die steife, unbewegliche Prothese.

»Sie überziehen regelmäßig Ihr Konto, Fräulein Feng«, eröffnete Szeto Tian. »Ich frage mich, warum.«

»Woher wissen Sie das?«

»Nun, was meinen Sie, wie ich Sie ausfindig gemacht habe?« Er ließ ihr kurz Zeit, doch als keine Antwort folgte, führte er aus: »Anhand Ihres ökologischen Fußabdruckes. Ihr Kontostand war gestern kaum zu überhören. Ich habe mir die Liste für die zur ÖkoSt abgestellten Reinigungskräfte und deren Ableseprotokolle der letzten Wochen angesehen und–«

»Ich habe alle Einstellungsvoraussetzungen erfüllt! Ich habe weder Vorstrafen noch–«

»– Ihres ist wirklich beachtlich. Auch wenn es Ihnen bisher immer gelungen ist, unterhalb des Radars der Regierung zu bleiben. Sie schrammen stets knapp an einer Einbestellung vorbei. Beinahe als wäre es genau berechnet. Was beweist, dass Sie sparen könnten. Aber Sie wollen es nicht. Sie geben es für etwas anderes aus.«

Bos Mund wurde trocken. Das war keine Feststellung, das war eine Drohung. Er wusste, dass sie nicht ins System passte. Und das, obwohl er noch nicht einmal ihr Zimmer kannte, das nur so vollgestopft war mit selbstgebastelten kleinen Experimenten. Forschung, die es nicht geben durfte. »Warum sind Sie hier?«, wollte Bo wissen.

»Eine simple Antwort: Was meinten Sie gestern, als Sie von *Bienen* sprachen?«

»Was interessiert Sie das?«

»Ich bin derjenige, der hier die Fragen stellt.«

»Aber ich bin nicht diejenige, die sich durch vage Einschüchterungsversuche zum Antworten zwingen lässt.«

Sie sah ihm an, dass er nicht mit Widerspruch von ihrer Seite gerechnet hatte. Aber verdammt, sie hatte so viel zu verlieren! »Wenn ich die Lage richtig erfasse«, fuhr sie fort, bevor er sich erholt hatte, »können Sie mich den Behörden übergeben, werden dann aber nicht die von Ihnen gesuchte Antwort erhalten. Oder aber Sie beantworten mir Ihrerseits ein paar Fragen, dann komme ich Ihnen eventuell entgegen.«

Er starrte sie an, sie starrte stur zurück.

»Also«, sagte sie, »warum interessieren Sie sich für Bienen?«

Er wog seine Worte sorgfältig ab. »Ich will wissen, ob Sie über dasselbe reden wie ich.«

Anscheinend war es nicht nur sie, die hier etwas zu verbergen hatte. Kurzentschlossen zog Bo die Handschuhe aus und durchsuchte ihre Hosentaschen nach dem Notizbuch. Sie blätterte auf die Seite mit der Zeichnung und hielt sie ihm entgegen.

»Die ist gut!«, entschlüpfte es ihm verblüfft. »Sie haben sogar die Oberflächenstrukturierung der Augen und die Gelenke an den Beinen richtig erfasst.« Er warf ihr einen raschen Blick zu und beinahe glaubte sie etwas, wie ein Lächeln auf seinem Gesicht zu sehen. Doch als er nach dem Buch greifen wollte, zog sie es außerhalb seiner Reichweite, steckte es wieder weg. Kein Grund, ihn auch die restlichen Zeichnungen sehen zu lassen.

»Wo haben Sie sie gesehen?«, wollte er wissen.

»Auf der Vitaminplantage Nord. Und auf Ihrem Firmengelände.«

»Deswegen waren Sie dort.« Er hatte bereits eins und eins

zusammengezählt. »Was hätten Sie getan, wenn Sie die Bienen gefunden hätten?«

»Das kommt auf den Kontext an, indem ich sie gefunden hätte.«

Doch, da war es wieder, das Lächeln. »Sie sind sehr vorsichtig.«

»Sie auch.«

Er straffte sich sichtbar. »Sie wissen, dass Bienen vor Jahrzehnten ausgestorben sind?«

»Vielleicht haben Abkömmlinge–«

»Nein, keine Abkömmlinge. Sie sind ausgestorben und alle ähnlichen Arten auch. Es tut mir leid, wenn ich Ihnen diese Illusion nehmen muss.«

»Aber ...«

»Sie haben das hier gesehen.« Er zog eine winzige Schachtel aus der Hosentasche, klappte sie einhändig auf und streckte sie ihr hin. Der Gegenstand darin war klein, geflügelt und gestreift und sah aus wie eines der Wesen, denen Bo bereits begegnet war. Nein, nicht ganz. Er bewegte sich nicht.

»Was–«

»Wenn Sie kurz ...« Er ruckte mit der Schachtel und Bo nahm sie ihm ab, sodass er mit einer Hand das Tier herausnehmen konnte. Er inspizierte etwas auf der Unterseite und verschob mit dem Daumennagel eine der Platten. Jäh erwachte das Tier zum Leben, die Flügel zitterten.

»Ein kleiner Roboter«, hauchte Bo.

Er stellte ihn wieder aus, die Bewegungen erstarrten. Er nahm ihr die Schachtel ab und ließ sie wieder verschwinden. »Sie kommen nicht annähernd an die Bestäubungsleistungen der Bienen von damals heran, im Moment noch nicht einmal an die eines Menschen. Aber es ist ein Anfang.«

Keine echten Bienen. Niemand würde sie zurückbringen können, das Zeitalter der Vögel und Schmetterlinge war und blieb verloren. Das schmerzte. Sie hatte nicht gewusst, wie sehr sie gehofft hatte, aber sie spürte den Verlust jetzt körperlich.

Sie stürzte sich auf den einzigen Strohhalm, der ihr noch verblieben war. »Wie?«, fragte sie. »Wie funktionieren sie? Wie können sie fliegen? Warum nehmen sie Wasser auf, obwohl sie doch Maschinen sind? Und wie–« Sie stockte.

»Ich hatte gehofft, dass Sie diese Fragen stellen würden.« Tian lächelte breit und für einen stolpernden Herzschlag glaubte Bo, in eine Falle gegangen zu sein. »Dafür investieren Sie alle Ihre BaEUmE, nicht wahr? Um diese Art Fragen zu klären?«, hakte er nach.

»Haben Sie sie gebaut?«

Das Funkeln, das in seine Augen trat, war eines, das Bo nur zu gut verstand.

»Also gibt es tatsächlich eine Forschungsabteilung bei *Lichtbringer*!«, platzte Bo heraus und griff hastig erneut nach ihren Notizen. »Ich – ich kann helfen. Ich habe schon kleine Maschinen zur Stromgewinnung gebaut und Experimente zur Photosynthese und«, sie schlug das Buch an einer wahllosen Stelle auf und hielt es ihm unter die Nase, »ich könnte Ihnen vielleicht helfen, die Navigationsprobleme der Roboter zu beheben!«

Das Geräusch, das Tian von sich gab, war eine Mischung aus Lachen und Schnauben. »Wir haben keine Forschungsabteilung.«

Bo ließ das Buch sinken. »Nicht?«

»Alles, was es gibt, ist mein privates Projekt.«

»Oh.«

»Wäre es anders, hätten wir nicht warten müssen, bis sie perfekt aussehen – bis man sie für Bienen statt für Technik halten konnte. Und gleich bei einem Ihrer Jungfernflüge wurden Sie ausgerechnet von Ihnen entdeckt.«

»Aber es gibt ein *Wir*?«

»Natürlich nicht offiziell. Auf dem Papier sind sie als Handwerker, Koch oder Haushaltshilfe angestellt. Und auch Sie würden weiterhin Reinigungskraft bleiben müssen, für Ihre allgemeine Lebenssituation und Ihren Fußabdruck würde es keinen Unterschied machen. Aber Sie könnten zumindest inoffiziell ...«

»Forschen?«

»Ja.«

»Sie wollen mich dabeihaben?«

»Sie sind all die Stufen in den fünfundzwanzigsten Stock hinaufgestiegen, in der vagen Hoffnung, mehr über Bienen erfahren zu können. Natürlich will ich das!«

Es klang beinahe zu schön, um wahr zu sein. In ihrem Schockzustand wusste Bo nicht, ob sie lachen oder weinen sollte. Sie entschied sich kurzerhand dafür, ihm um den Hals zu fallen.

Das blaue Licht

»Warum glaubt ihr mir denn nicht? Das war kein Traum!«

Ihre Eltern wechselten einen bedeutungsvollen Blick über den Abendbrottisch hinweg. »Rike-Schatz ...«, setzte ihre Mutter vorsichtig an.

»Und was bitte soll das heißen? Ich weiß doch, was ich erlebt habe!«

»Nun ...« Ihre Mutter suchte nach Worten.

»Hier kann niemand nachts hereinkommen und dich entführen«, kam ihr Frederikes Vater zu Hilfe. »Das ist vollkommen unmöglich. Alle Fenster waren zu und die Wohnungstür abgeschlossen. Selbst wenn du geschlafwandelt wärst, hätte es einiges an Kunst erfordert, die Tür erst auf- und dann wieder zuzuschließen.«

»Aber es ist wirklich passiert!«, wollte sie sagen, doch der Kloß in ihrem Hals machte die Worte rau und unverständlich. Ihre Augen brannten und ihre Sicht verschwamm. Ohne ein weiteres Wort sprang sie auf und stürzte aus der Küche, das Poltern des Stuhls auf den Fliesen verfolgte sie bis in ihr Zimmer. Hastig drückte sie die Tür hinter sich zu und lehnte sich dagegen. Ein Schluchzen kämpfte sich den Weg heraus, sie presste sich den Unterarm gegen den Mund, um es zurückzuhalten.

Sie wurde nicht verrückt. Und sie hatte nicht nur geträumt.

Ihr kleines Zimmer lag in ruhiger Dunkelheit. Nur der Hintergrund ihres Laptop schickte wie immer sein blaues Leuchten durch den Raum, warf dünne Umrisse an die Wände. Frederike ließ sich an der Tür zu Boden sinken.

Da war ein Mann in ihrem Zimmer gewesen, letzte Nacht. Sie konnte sich so genau an seine Gesichtszüge erinnern, dass sie sie einem Phantomzeichner hätte beschreiben können. Er hatte sie entführt, in eine Art Büro, und geredet. Sehr viel geredet, über Gedächtnisverzerrung und fehlgeleitete Assoziationen des Gehirns. Vielleicht, weil er wusste, dass ihr niemand dieses Erlebnis glauben würde.

Frederike starrte zum beruhigenden blauen Licht ihres Laptops hinüber. Ohne bewusst eine Entscheidung getroffen zu haben, stand sie auf und setzte sich davor. Ihre Finger bewegten sich wie von allein über die Tastatur. Sie hatte ein Gesicht – und sie hatte einen Hinweis auf die Interessen von diesem Fremden. Vielleicht genügte das schon. Vielleicht konnte sie ihn auf diese Weise ausfindig machen.

Sie tippte »falsche Erinnerung« in die Suchleiste und überflog die Webseiten. Als erstes kam das Offensichtliche: Alkohol, Drogen, Krankheiten. Aber nachdem sie die ganzen Panik schürenden Hilfeseiten aussortiert hatte, stieß sie auch auf schlichtere Gründe. Stress beispielsweise oder Geistesabwesenheit. Auch sie genügten, damit eine Person der festen Überzeugung sein konnte, ihr Portemonnaie in die Tasche gesteckt zu haben – um es dann später im Kühlschrank wiederzufinden, wo sie es mit dem Einkauf eingeräumt hatte.

Frederike klickte den Browser wieder zu und starrte auf das Blau ihres Hintergrunds. Sie hatte keine Substanzen eingenommen. Sie fühlte sich nicht gestresst. Und sie wusste, was sie gesehen hatte.

Die Frage war: Wenn er es einmal getan hatte, was hielt ihn davon ab, es zu wiederholen?

Sie würde Vorsichtsmaßnahmen treffen müssen. Frederike stand auf, sah sich suchend in ihrem Zimmer um. Es durfte nichts Auffälliges sein. Nichts, was erneut diesen mitleidigen Blick bei ihren Eltern hervorrufen würde, falls sie das Zimmer betraten. Diesen Blick, der sagte: »Ach, Rike-Schatz. Hältst du immer noch an diesem Unfug fest?«

Sie entschied sich für ihr Schmuck-Herstellungsset. Sie schnappte sich die Perlengläser und positionierte sie geöffnet überall im Zimmer. Das war unscheinbar und doch effektiv. Je nachdem, welches der Gläser der Eindringling umstieß, würde sie im Nachhinein sagen können, ob er durchs Fenster oder die Tür gekommen war. Zwischen Schreibtisch und Bett spannte sie einen Faden auf Knöchelhöhe über den Teppich. In der Dunkelheit würde er es nicht sehen können, vielleicht würde es ihn zum Stolpern bringen und ihr wertvolle Sekunden zur Flucht verschaffen.

Was noch? Sie zögerte kurz, dann befüllte sie ein kleines Säckchen mit erbsengroßen Perlen und schnitt ein kleines Loch hinein, legte es auf ihr Kopfkissen. Sie würde es an ihrem Arm festbinden und falls er sie wieder entführte, konnte sie am nächsten Morgen der Spur folgen.

Der Faden und die Gläser fehlten. Dafür waren die Perlen nicht nur in ihrem Bett. Sie waren überall.

Unter ihrem Schlafshirt, auf dem Boden bis hin zur Tür, auf in ihrem Bücherregal, sogar im Schubfach mit ihrer Unterwäsche. Mit jeder weiteren, die sie fand, nahm Frederikes Übelkeit zu. Es war einfach nicht möglich. Es lagen Perlen im Bad zwischen Nagelfeile und Mascara. In der Küche griff sie nach einer Banane aus dem Obstkorb und sah dann zwei Perlen hervorblitzen. Daraufhin ließ sie das Frühstück ausfallen.

Ihre Knie waren flau, als sie mit dem Rucksack bepackt im Hausflur die Treppe hinunterstieg. Zwei Frauen kamen gerade zum Eingang herein und hielten Frederike die Tür auf. Die Perlen fielen ihnen aus dem Ausschnitt und den Rockfalten, kullerten leise die Eingangsstufen hinab und blieben zwischen den Rillen des Kopfsteinpflasters liegen. Es waren welche von den erbsengroßen aus dem Säckchen, das sich Frederike nachts ums Handgelenk gebunden hatte, aber auch kleine, schillernd bunte und schwarze. Nichts davon ergab Sinn.

Frederike stieg in den Bus, setzte sich auf ihren üblichen Platz direkt hinter der zweiten Tür. Die lockenhaarige Frau, die sich neben sie setzte, holte Spiegel und Lippenstift heraus. Als sie die Kappe abzog, prasselten neue Perlen zu Boden. Übelkeit schnürte Frederike den Hals zu. Stumm beobachtete sie, wie die Perlen beim Anfahren des Busses den Gang entlang nach hinten, und beim Bremsen nach vorn rollten. Niemand drehte sich nach ihnen um.

In der Pause suchte sie sich eine Bank, setzte sich darauf und zog die Beine an den Oberkörper, sodass sie das Kinn auf die Knie stützen konnte. Ihren Schulfreundinnen hatte sie erklärt, dass sie lernen wollte, dennoch spürte sie immer wieder die irritierten Blicke in ihre Richtung, sie verstanden ihr Abschotten nicht. Aber was sollte sie auch anderes tun, wenn sie gerade den Verstand verlor? Lächeln und über die Mathehausaufgaben, Stars oder den süßen Jungen aus der Parallelklasse reden? Allein bei dem Gedanken wurde ihr schon wieder übel. Wie konnte sich alles weiterhin so normal anfühlen – wie konnte sie sich selbst so normal vorkommen, wenn sie doch Dinge sah, die nicht sein konnten?

Mit dem Smartphone durchsuchte sie das Internet nach einer Erklärung. Je mehr sie über das Gehirn las, desto verunsicherter wurde sie. Es gab etwas, das nannte sich Suggestion: Wenn man jemanden nur überzeugend genug nach einem bestimmten Erlebnis befragte – zum Beispiel nach diesem einen Tag, an dem man als Kind im Einkaufszentrum verloren gegangen sei – dann glaubte man irgendwann wirklich, dass es dieses Erlebnis gegeben hätte. Und noch krasser: Man konnte sogar Details ergänzen.

Obwohl es nie stattgefunden hatte.

Der Verstand kam mit der Lücke nicht klar, lieber stopfte er sie mit erfundenen Ereignissen, statt sie zu akzeptieren.

Aber Erinnerungen konnten nicht nur erschaffen werden, sie konnten auch verloren gehen: Bei der dissoziativen Amnesie wurde ein schreckliches Ereignis falsch abgespeichert, sodass es für das Gehirn nicht mehr zugänglich war. *Verloren. Weg.* Manche fanden erst Jahre später heraus, dass etwas passiert war. Manche nie.

Allerdings half all das Frederike nicht bei ihrem Problem. Das waren nur Theorien, brachten ihr keinen einzigen festen Anhaltspunkt. Sie musste es anders angehen. Erneut ging sie die letzten beiden Nächte durch. Worüber hatte ihr Entführer geredet? Was war seine Wortwahl gewesen? Wenn sie den Krimi-Serien glaubte, hinterließen Verbrecher doch oft versteckte Hinweise.

Sie suchte nach »Gedächtnisverzerrung« – das Wort klang auffällig genug und sie war sich vollkommen sicher, dass der Fremde es verwendet hatte. Wieder scrollte sie durch die Seiten, wieder fand sie Unglaubliches. Einen Artikel über eine Frau, die einen Forscher aus dem Fachbereich Gedächtnisverzerrung beschuldigte, sie vergewaltigt zu haben. Aber dieser hatte für den Tatzeitpunkt ein wasserdichtes Alibi, er konnte es nicht gewesen sein. Stattdessen, so die wissenschaftliche Erklärung, hatte die Frau kurz vor der Vergewaltigung durch Zufall ein Interview mit ihm gesehen. Ihr Gehirn, das die traumatischen Ereignisse nicht korrekt verarbeiten konnte, hatte dann die falschen Verbindungen geknüpft.

Frederike las die Zeilen wieder und wieder durch. Etwas daran ... Es fühlte sich an wie eine Geschichte, die sie schon einmal gehört hatte. Sie gab den Namen des Psychologen in einer neuen Suche ein.

Beim Anblick der Fotos, die auf dem Bildschirm erschienen, ließ sie beinahe das Smartphone fallen.

Er war es. Das war der Mann, der sie nachts entführt hatte. Da gab es keinen Zweifel.

Kaum war sie Zuhause, setzte sie sich an ihren Computer. Er war noch an, begrüßte sie wie immer mit seinem ruhigen blauen Leuchten. Sie öffnete ihren Browser und tippte mit nervösen Fingern diesen einen Namen in die Adresszeile ein, der sie seit Stunden nicht mehr losgelassen hatte.

Doch über der Enter-Taste blieben ihre Finger reglos schweben, Frederike starrte auf das, was sich vor ihr offenbarte. Sie hatte die Suche über die Adresszeile des Browser starten wollen, aber jetzt ... waren Vorschläge darunter aufgeklappt. Webseiten, auf denen sie schon mal gewesen war, die alle ebenfalls den Namen enthielten.

Sie hatte ihn schon einmal gesucht.

Etwas schnürte ihr den Hals zu, drohte ihr langsam aber sicher die Luft zu nehmen. Warum verdammt erinnerte sie sich nicht daran? Was geschah hier?

Hastig klickte sie sich durch die Browsereinstellungen zur Chronik, überprüfte das Datum, an dem sie die Seite aufgerufen hatte. Hoffte, es würde schon ein halbes Jahr her sein und sie hätte deswegen ... Sie starrte das Datum an. Sie hatte die Seite vor gerade einmal drei Tagen besucht.

Ein Klappern an der Wohnungstür ließ sie zusammenzucken. Ihr Vater war nach Hause gekommen. Frederike stolperte beinahe über ihre eigenen Füße, so eilig hastete sie in den Flur. Sie musste etwas tun.

»Papa? Ich brauche deine Action-Kamera.«

»Wie wäre es mit einer Begrüßung, einem Kuss und einem *Bitte*?« Er streifte sich die Jacke ab und hängte sie über einen Bügel.

»Bitte.«

»Es geht doch nicht schon wieder um diese angebliche Entführung, oder?«

Frederikes Mund war zu trocken, um zu schlucken. »Nein. Ich will mit einer Freundin über Videocall Vokabeln üben.«

Er musterte sie intensiv, ohne zu antworten. Zu intensiv. Bis der Nachgeschmack der Lüge in ihrem Mund brannte. Bis sie sich umdrehen und weglaufen wollte – denn was, wenn auf den Videos wirklich nichts zu sehen war? Wenn sie dann den Beweis dafür hatte, dass sie verrückt wurde? Was sollte sie dann tun?

»In Ordnung«, sagte ihr Vater schließlich.

Zwei so simple Worte, doch für Frederike waren sie alles – Furcht und Hoffnung in einem. Sie würde eine Kamera aufstellen und heute Nacht filmen, was geschah.

Das erste, was sie sah, als sie die Augen aufschlug, war das blaue Licht ihres Bildschirms. Sie hatte ihn die Nacht über angelassen, als unauffällige Beleuchtung des Zimmers für die Videoaufnahmen.

Noch halb schlaftrunken schälte sie sich aus dem Bett. Ihr tat alles weh, als hätte sie den Muskelkater ihres Lebens. Aber wenigstens gab es diesmal keine Perlen, sie hatte sie alle in die hinterste Ecke ihres Kleiderschrankes verbannt. Diesmal waren Bett und Boden leer. Aber auch diese Nacht war er da gewesen, hatte sie wieder mitgenommen. Oder zumindest erinnerte sie sich daran. Nur war ihr Gedächtnis nicht mehr ganz zuverlässig, wie der Suchverlauf ihres Browsers gezeigt hatte.

Was auch immer nachts geschah, es forderte eindeutig seinen Tribut, selbst Sitzen war schmerzhaft. Sie bewegte die Maus und öffnete mit einem Doppelklick den Ordner mit den Aufzeichnungen. Darin fand sie sieben Videos der automatischen Überwachungssoftware. Jedes eine Stunde lang, genauso wie sie es eingestellt hatte. Hastig klickte sie sie nacheinander durch, sprang wahllos an Stellen inmitten der Videos und sah sich selbst dabei zu, wie sie schlief. Nichts, kein Eindringling, keine Auffälligkeit.

Sie war hier gewesen. Allein. Ihre Erinnerung war falsch.

Ratlos erhob sie sich vom Stuhl und zog sich langsam an. Die Haut an ihren Handgelenken fühlte sich an, als hätte sie sie aufgescheuert, und mehrfach blieb sie mit einem ihrer Fingernägel am Pullover hängen. Noch so eine Sache, an die sie sich nicht erinnern konnte: Wann war er eingerissen? Warum hatte sie dunkle Schlieren unter den Nagelkanten?

In Frederikes Kopf waren nur unzusammenhängende Bilder und Gefühlsfetzen, wie auch von den letzten Nächten war nicht viel mehr übrig geblieben als verwackelte, hastige Eindrücke der Entführung. Die klappernde Tür. Jemand, der sie weckte, ihr die warme Decke wegnahm, sie mit sich zerrte. Dann ... ein Auto? Oder war das nur ein Geräusch vor ihrem Fenster gewesen? Und dann der Gedächtnisforscher, der ihr in einem kühl beleuchteten Raum gegenüber saß und ihr die Fehlbarkeit des menschlichen Gedächtnisses erklärte. Dieser Teil war klarer als der Rest, beinahe grell. Nur seine Stimme ... seine Stimme klang wie durch eine Glasscheibe hindurch.

Aber etwas *musste* über Nacht passiert sein. Etwas Anderes und Furchtbares, wenn sie danach ging, wie sich ihr Körper anfühlte.

Aber die Videos sagten das Gegenteil. Unanfechtbar. Ohne

menschliche Fehlbarkeit.

Es sei denn ... Mit den Socken in der Hand beugte sich Frederike über den Monitor, überprüfte die Videos noch einmal. Nichts. Einfach nichts. Mal lag sie auf ihrer linken Seite, mal auf ihrer rechten. Und mal ... Sie stutzte, sprang zum Video davor und sah sich noch einmal das Ende an. Und den Anfang vom nächsten. Obwohl der Dateiname behauptete, dass sie unmittelbar nacheinander aufgenommen waren, passten sie nicht zusammen.

Einer Eingebung nach ließ sich Frederike die Eigenschaften aller Dateien anzeigen.

Und dort stand es dann, Schwarz auf Weiß. Zwei von ihnen waren zum gleichen Zeitpunkt entstanden. Ein Video war kopiert und umbenannt worden.

Mit rasendem Herzen richtete Frederike sich auf. Hatte sie die Kamera zu offensichtlich positioniert? Hatte der Eindringling sie bemerkt?

Sie ließ die Socken auf dem Schreibtisch zurück und lief barfuß in die Küche. Dort saß ihr Vater im Bademantel, die Zeitung vor sich aufgeschlagen, den Morgenkaffee daneben. Ihre Mutter – bereits in Blazer und Anzughose – steckte sich Obst und eine Wasserflasche in die Handtasche.

»Morgen, mein Schatz.« Ihre Mutter legte ihr im Vorbeigehen die Hand auf den Arm, die Berührung ließ Frederike unangenehm zurückzucken. »Ich bin dann los. Bis heute Abend.«

»Als du die Zeitung reingeholt hast, war die Wohnungstür da abgeschlossen?« Vielleicht war es unsinnig, aber sie musste alle Möglichkeiten ausschließen.

Ihre Mutter machte noch zwei Schritte, dann hielt sie an, drehte sich um. »Hast du wieder einen von diesen Träumen gehabt?«

»War sie es?«

Ihre Mutter seufzte. »Natürlich, Schatz.« Ihr Blick fiel auf Frederikes nackte Füße. »Zieh dir bitte Socken an, ja? Für Sandalen ist es noch zu kalt.« Und dann, ohne eine Reaktion abzuwarten, war sie schon im Flur.

Frederikes Vater dagegen hatte nicht einmal aufgesehen. Mit einem lauten Rascheln blätterte er die Seite um, überflog den nächsten Artikel. Sein Bademantel gab versehentlich einen Großteil seiner Brust preis. Und auch die roten Schrammen, die unter dem Stoff verschwanden.

Fingernägel, die über Haut kratzten. Panik in ihrer Kehle. Etwas brach in ihr –

Dann stand Frederike wieder in der Küche und sah zu, wie ihr Vater an seinem Kaffee nippte. An seinen Lippen klebten einige Perlen.

Frederike öffnete den Mund ... Doch was auch immer sie gerade hatte sagen wollen, es war wieder fort, sie konnte es nicht mehr greifen. Betäubt machte sie kehrt, um in ihr Zimmer zurückzukehren und sich ihre Socken anzuziehen. Oder wollte es, bis sie bemerkte, dass ihre Mutter im Türrahmen stand. Als hätte sie kehrt gemacht, weil sie einen Geist gesehen hatte.

»Rike-Schatz«, sagte sie besorgt, den Blick auf Frederikes nackte Knöchel gerichtet. »Die blauen Flecke hattest du gestern Abend noch nicht, oder?«

Der hier beschriebene Vorfall ist angelehnt an wahre Begebenheiten. Weitere unglaubliche Fakten zum Thema Gedächtnis sind auch im Buch »Von Menschen und Ratten: Die berühmten Experimente der Psychologie« von Lauren Slater zu finden. Weiterführende Links:

- https://www.dasgehirn.info/denken/gedaechtnis/vom-vergessen-und-falschen-erinnern
- https://www.sueddeutsche.de/wissen/frage-der-woche-laesst-sich-das-gedaechtnis-faelschen-1.217302
- https://www.zeit.de/kultur/2017-04/traumatisierung-vergewaltigung-verdraengung-erinnerung-10nach8

Glockenschläge

Die Kirchturmuhr schlug zwölf. Ich sah hinab auf die milchigbraune Flüssigkeit in meinem Glas, meinen Eiskaffee, saß gleichzeitig meinem Freund gegenüber und war doch in Gedanken woanders. Jeder einzelne der Glockenschläge hallte in mir wider. Es war nicht zwölf Uhr Mitternacht, sondern zwölf Uhr mittags, und es war auch nicht der Zauber einer Fee, der erlosch und Aschenputtel ihre Kutsche fortnahm. Aber ich fragte mich, ob nicht viele Kilometer entfernt, am anderen Ende des Landes, mit eben diesen Glockenschlägen die Beziehung meines Bruders erlosch.

Sie waren seit fünf Jahren ein Paar. Zum Studium waren sie gemeinsam in eine andere Stadt gezogen, weil sie nur dort zusammen studieren konnten. Sie hatten eine gemeinsame Wohnung, ein Auto, fünf Meerschweinchen und einen Hund. Wenn einer von ihnen Sorgen hatte, war der jeweils andere der erste, mit dem sie darüber sprachen. Sie waren eines dieser Paare gewesen, von denen alle dachten, dass sie für immer zusammengestrickt worden waren.

Unglücklich rührte ich in meinem Eiskaffee, warf einen Blick auf mein Handy, das jedoch keine neue Nachricht anzeigte. Ich sah den Spatzen zu, die auf dem Wasserspeier des kleinen Brunnens auf- und abhüpften, den Kopf unter Wasser tauchten und die Tropfen am Gefieder hinabperlen ließen, während sie sich schüttelten.

Es kam mir alles vor wie auf einer Postkarte: Ich sah es, ich wusste, was es bedeutete – Sommer, Entspannung, Urlaub – doch nichts von dem Bild drang wirklich zu mir durch. Alles, was ich spürte, war der Druck um meinen Brustkorb, als wäre ich in das zu enge Korsett von Aschenputtels Ballkleid geschnürt. Denn schließlich ging es nicht um irgendwen – sondern um meinen Bruder und meine beste Freundin. So wie ich mich auf meine Beziehung zu meinem Freund verließ, hatte ich mich auch auf ihre Beziehung verlassen. Sie waren das lebende, atmende Happy End. Und wenn sie nicht gestorben sind, dann ...

Aber so war das Leben nicht.

Manchmal kamen die Veränderungen nicht mit einem Paukenschlag, sondern schleichend. Es war nur eine leichte, unmerkliche Verschiebung der Konstellation zwischen den beiden; keiner von ihnen merkte, wie es geschah. Einer ihrer Freunde wurde krank und meine beste Freundin war es, die sich um ihn kümmerte, wann immer es ihm schlecht ging. Als ihr selbst klarwurde, dass sie sich in ihn verliebt hatte, war es natürlich schon zu spät.

Jetzt, um zwölf, war die Frist abgelaufen. Sie hatten sich eine Woche Zeit gegeben, damit jeder für sich seine Entscheidung fällen konnte. Ich hatte diese Woche mitverfolgt, hatte über hunderte Kilometer hinweg am Telefon das Abwägen der einen und der anderen Seite mitangehört. Und jetzt, am Ende, war ich ebenso ausgelaugt wie sie. Keiner von ihnen war der Meinung, dass es ungesagte Dinge zwischen ihnen gegeben hätte. Keiner von ihnen fand, dass er auf irgendeine Weise unglücklich in der Beziehung gewesen war. Und doch ...

Ich ließ den Löffel in meinem Eiskaffee los und griff stattdessen über den Tisch, nach der Hand meines Freundes. Ich kannte jede Sommersprosse auf seinen Knöcheln, als wäre es meine eigenen. Seine Finger passten so perfekt zwischen meine, wie Aschenputtels Fuß in den gläsernen Schuh. Und doch ...

Im Moment fühlte es sich an, wie für immer – doch was wäre, wenn sich etwas um uns herum grundlegend änderte? Wenn wir uns, unbemerkt, nicht mehr zusammen veränderten, weil sich unsere Herausforderungen zu sehr unterschieden? Und dann würden wir auf diesen Augenblick hier, diesen Postkarten-Moment mit Eiskaffee und badenden Spatzen zurückblicken und uns fragen, ob wir es damals nicht schon hätten wissen müssen ... Ob wir es hätten aufhalten können. Ob wir jeden Atemzug mehr hätten würdigen müssen.

Wer konnte schon sagen, ob diese Glockenschläge nicht auch uns galten? Wer konnte überhaupt jemals von einem Happy End reden? Was kam danach? Wer sagte, dass Aschenputtel sich nicht doch irgendwann von ihrem Prinzen trennte?

Ich trank einen Schluck von meinem Eiskaffee, beim Abstellen knisterte das Papier des eingepackten Kekses auf dem Untersetzer. Den hatte ich beinahe vergessen. Wortlos reichte ich ihn meinem Freund hinüber. Das begeisterte Strahlen, was ich dafür bekam, war den Keks allemal wert.

Und irgendwo ... hatte er Recht. Auch Kleinigkeiten zählten etwas. Jeder einzelne Moment zählte etwas. War es wichtig, ob wir in zwanzig Jahren noch zusammen waren? In zwei? In drei Monaten? Solange jeder einzelne Moment bis dahin es wert gewesen war.

Elis

»Ja?« Der Typ, der ihr die Tür öffnete, sah aus, als wäre er gerade erst aufgestanden.

»Belinda Neustädter. Ich bin die Vertretung für meinen Vater. Er schafft es gesundheitlich leider nicht zu kommen.«

»Ah, für Putz-Alfred.« Er trat zur Seite. »Na dann, herein mit dir. Sieht schon wieder aus wie ein Saustall.«

Und das tat es tatsächlich. Schon im Flur stapelten sich die Schuhe in einem so chaotischen Haufen, dass Belinda kaum ein freies Stück Boden fand, um sich ihre eigenen auszuziehen.

»Wem auch immer die gehören, der ist mein Held.« Sie deutete auf das Paar schmaler Turnschuhe, das als einziges vorbildlich im Schuhregal stand.

»Jaja, Elis ist etwas ... eigen.« Ihr Empfangskomitee grinste. »Kommt auch nur aus dem Zimmer, um zur Uni zu gehen. Vermutlich werdet ihr euch also nie kennenlernen.«

Uni, ihr Stichwort. »Ich werde meinen Vater bestimmt eine Weile vertreten. Kann ich die Arbeit auch abends ... nachts machen?« Nach ihren Vorlesungen.

»Klar, kein Problem. Uhrzeiten sind hier eh egal. Mindestens einer ist immer wach und mindestens einer schläft gerade.«

Na also. Sie würde das schon organisiert kriegen. Schließlich brauchtes sie das Geld, jetzt noch dringender als vorher.

Der Wäschestapel war zu hoch zum Tragen. Doch wenn sie ihn aufteilte, würde sie zweimal laufen müssen. Und jede Minute, die sie hier verlor, würde ihr zur Bearbeitung der Mechanik-II-Übung fehlen. Also hob sie den wackligen Turm vom Trockner und balancierte ihn aus dem Bad an der Küche vorbei – Vorsicht, tiefhängende Lampe! – durch den Flur ... Ach, verdammt, sie hatte diese dumme, menschengroße Zimmerpalme vergessen. Bevor deren tiefhängende Blätter ihr den Stapel in der Mitte halbieren konnten, setzte Belinda ihn auf dem Boden ab und nahm sich nur den oberen Teil.

»Kann ich dir vielleicht helfen?«

Vor Schreck wäre ihr beinahe alles heruntergefallen.

»Ähm ... ehrlich gesagt, ja.« Den immer noch stirnhohen Stapel in den Armen, drehte sie sich um und drückte ihn blind der Person in die Arme, die sich dahinter befand. Dann bückte sie sich rasch nach der verbliebenen Wäsche und schleuste den Turm an der sperrigen Pflanze vorbei, um ihn auf der Kommode dahinter abzulegen. Ihr Helfer setzte seinen Stapel danebene.

»Danke.«

»Dafür nicht.« Er wandte den Kopf, um ihren Blick zu erwidern.

Einen Atemzug lang konnte sie ihn nur ansehen. Sein ganzes Gesicht war mit Haaren bedeckt. Nicht nur Bart, sondern geradezu ... Fell. Dunkel wie das eines Bären zog es sich über seine schmalen Wangen, seine Nase, seine Stirn. Aber seine Augen waren blau. Glasklar und blau, mit unglaublich langen Wimpern.

Dann erinnerte sie sich wieder an ihre Manieren. »Hi.« Unbeholfen hielt sie ihm die Hand hin. »Ich bin Belinda. Die Vertretung.«

»Elis.« Er ergriff ihre Hand. Sie war kaum größer als ihre. Die Handinnenflächen waren unbehaart, sie fühlten sich vollkommen ... gewöhnlich an.

»Du studierst auch, richtig?«, fragte sie.

»Im sechsten Semester Philosophie.«

»Ach du Schreck! Ich meine ... krass«, ruderte sie zurück. »So viel lesen und reden und analysieren! Das wäre nichts für mich. Ich bleibe lieber bei Formeln und Zeichnungen.«

»Du studierst *auch*?«

»Was soll denn bitte diese Ungläubigkeit? Seh ich nicht so aus oder was?«

Er grinste. Seine Zähne waren geradezu strahlend weiß in dem dunklen Fell. »Verzeihung. Was studierst du denn?«

Sie saß auf einer Plane in der Badewanne und schrubbte. Schrubbte den grauen Schleim weg, der sich bereits an den Rändern gesammelt hatte, bis ihr der Rücken und die Finger schmerzten. Als wäre der Dreck stellvertretend für alles, was in letzter Zeit schief gelaufen war. Und wenn sie ihn nur entfernte ...

Die Tür ging auf. »Oh.«

Nur ein einziger Laut, aber sie erkannte die raue, melodische Stimme sofort. Elis. Hastig versuchte Belinda sich kniend in der Badewanne zu ihm umzudrehen.

»Sorry. Ich dachte, das Bad wäre frei.«

»Kein Problem. Ist ja nicht so, als hättest du mich beim Duschen erwischt.«

Er musterte sie – und dann, anstatt die Tür wieder zu schließen, kam er herein und zog sie hinter sich zu. »Du siehst aus, als wärst du kurz vor einem Nervenzusammenbruch. Was ist passiert?«

Es war, als hätte ihr Körper insgeheim auf dieses Kommando gewartet. Plötzlich saß sie da, mit Putzhandschuhen in der leeren Badewanne, und weinte. Sie wusste selbst kaum, ob es Sinn ergab, was sie da mit schrecklich belegter Stimme erzählte, aber sie erzählte überhaupt. Von ihrem Vater. Ihrer Überlastung. All den Sorgen ... Elis saß auf der Badewannenkante und hörte zu. Es spielte keine Rolle, dass sein Gesicht haarig war, oder sein Schlafanzug rosa und viel zu groß für seinen schlaksigen Körper. Sein verständnisvolles Nicken und diese klaren, langbewimperten Augen waren das Beste, was ihr seit Tagen passiert war.

Sie hatte gelernt und gelernt, sie hatte die beste Klausur ihres Jahrgangs geschrieben, und trotzdem ... Sie war ein naiver Dummkopf. Hatte sie wirklich geglaubt, ihr Vater würde von ihrem Ergebnis hören und – *schnips* – wieder gesund werden? Positive Gefühle konnten das Immunsystem unterstützen, das sagten alle, aber sie waren eben kein Wunderheilmittel, keine Magie. Das hätte sie wissen müssen. Das *wusste* sie doch auch.

Aber zuzusehen, wie sie ihn im Krankenhaus an Schläuche anschlossen ...

»Hoffen ist nicht dumm, es ist menschlich«, sagte Elis sanft. »Ich sollte es wissen, ich schreibe meine Bachelorarbeit über Geschichten, in denen Personen in Tiere verwandelt – und auch wieder erlöst werden, wenn sie nur ehrenhaft genug sind. Oder sich jemand in sie verliebt. Und natürlich weiß ich, dass ich mit Hypertrichose geboren bin, das geht nicht einfach vorbei. Aber an Mythologie und Märchen zu glauben, gibt mir ein schönes Gefühl und das ist es doch, was zählt. Und wenn deine Zensuren deinen Vater vielleicht auch nicht heilen können, so geben sie ihm wenigstens die Beruhigung, dass du gut klarkommst. Ist das nichts wert?«

»Vielleicht hast du Recht«, räumte sie ein. Und obwohl sich eigentlich nichts geändert hatte, fühlte sie sich, als hätte er die Last auf ihren Schultern durch eine beruhigende Decke ersetzt.

»Was suchst du denn hier?«, entfuhr es Belinda und das Lächeln stahl sich ohne ihr Zutun auf ihre Lippen. Studierende, die hinter ihr aus der Klausur strömten, rempelten sie an und sie trat wenigstens aus dem Hauptstrom. »Ich dachte, du würdest …«

»Mich nur unter Philosophie-Studierende wagen? Heute ist alles anders.« Er grinste. »Erstens: Ich habe für dich geputzt, du hast heute frei. Zweitens: Du wirst jetzt von mir auf einen Kaffee eingeladen.«

»Scheiße, wie siehst du denn aus? Ist das echt?« Einer der Studenten trat zu ihnen und versuchte, Elis im Gesicht zu berühren. Belinda schlug seine Hand weg.

»Willst du auch, dass man dir einfach irgendwo hinfasst?«

»Klaro.« Jetzt fixierte der Typ sie mit einem hässlichen Grinsen. »Dein Freund oder was?«

»Und?«

Zwei Studentinnen in der Nähe kicherten. Es machte Belinda krank. Und wahnsinnig. Sie drehte sich zu Elis um, wollte die Augen verdrehen und ihn von hier wegziehen. Doch da lag etwas in seinem Blick, das sie sie innehalten ließ. Etwas Verletzliches. Etwas Hoffnungsvolles. Was auch immer es war, es sprach zu ihr. Es zog sie an.

Ohne weiter nachzudenken, ohne an ihr Publikum zu denken, griff sie nach seinen Fingern und trat näher. Sein Blick ließ sie nicht los.

Konnte sie …? Durfte sie …?

Sie tat es einfach. Sie küsste ihn. Mitten auf den Mund.

»Bell«, sagte er gepresst, sein Gesicht knapp vor ihrem.

»War das falsch?«

»Nein, aber ...« Einen Atemzug sah er sie einfach nur an. Mit diesen aufmerksamen blauen Augen, diesen unglaublichen Wimpern. »Ich kann nicht dein Freund sein. Wenn dann nur deine Freundin. Ich bin eine Frau.«

Elis.

Ihr Herz zog sich zusammen.

»Oh nein, es tut mir so leid!«, entschlüpfte es ihr atemlos. »Ich wollte nicht ... Damit bin ich nicht besser als die anderen. Das muss schrecklich für dich sein. Tut mir leid!«

Elis' Schultern sanken ein Stück herab. »Ist in Ordnung. Wir vergessen den Kuss und –«

»Nein!«

Sie erinnerte sich an die Sanftheit, das geduldige Verständnis.

Eigentlich, stellte Belinda fest, eigentlich änderte die neue Information nichts. Nicht an ihren Gefühlen. »Mir ist wichtig, wie du bist, nicht was du bist.«

Auf Elis' Gesicht blitzte ein Lächeln auf. Und diesmal war sie es, die Belinda küsste.

Paartherapie

Personen: *Schöner Prinz, Schneewittchen, Dornröschen, Tapferer Prinz, jüngste Königstochter, Biest, König Drosselbart, Paartherapeut*

Ein gemütliches Wohnzimmer. Teilnehmer einer Paartherapie sitzen nebeneinander auf Sesseln rund um einen Tisch: Schöner Prinz neben Schneewittchen, Tapferer Prinz neben Dornröschen, die Plätze neben König Drosselbart, dem Biest und der jüngsten Königstochter sind leer. Vor ihnen eine Schale voller Kekse.

PAARTHERAPEUT: Guten Tag. Willkommen zu unserer ersten Sitzung.

Allgemeine höfliche Begrüßung. SCHNEEWITTCHEN *winkt.*

SCHNEEWITTCHEN: Hallo.

PAARTHERAPEUT: Vorweg, ich bin sehr froh, dass Sie sich alle zu diesem Experiment einer Gruppen-Paartherapie bereit erklärt haben. Ich bin sicher, durch die Konfrontation mit den Problemen anderer werden die eigenen viel leichter zu lösen sein.

SCHNEEWITTCHEN *nimmt sich einen Keks.*

PAARTHERAPEUT: Ah ja, richtig, sehr gut. Fühlen Sie sich wie Zuhause.

SCHÖNER PRINZ: Das tut sie überall ungefragt.

PAARTHERAPEUT: Verstehe. *(Aufs Wesentliche konzentrierend.)* Nun, ich schlage vor, Sie stellen sich zu Beginn erst einmal nacheinander vor und erzählen mir, was bei Ihnen der Auslöser dafür war, sich einer Paartherapie zu unterziehen. Dann kann ich mir ein Bild ...

SCHNEEWITTCHEN: Haben Sie eigentlich eine Frau?

PAARTHERAPEUT: Ja.

SCHNEEWITTCHEN: War aber lange nicht mehr hier, wie es scheint. Hier müsste dringend mal Staub gewischt werden.

PAARTHERAPEUT *rutscht unangenehm berührt auf seinem Platz herum.*

SCHÖNER PRINZ: *(Legt ihr die Hand aufs Knie.)* Schatz.

SCHNEEWITTCHEN: Aber es ist doch wahr! Ich spreche nur aus, was alle hier denken. Oder?

DORNRÖSCHEN: Also ich finde es sehr gemütlich hier. So ausgesprochen schöne Sessel. *(Streichelt den Bezug.)*

SCHNEEWITTCHEN: Made in Taiwan, möchte ich wetten.

DORNRÖSCHEN: Sag ich doch. So etwas gab es vor meinem Erwachen noch nicht.

TAPFERER PRINZ: Nicht jede Neuerung muss gut sein.

PAARTHERAPEUT: *(Räuspert sich.)* Ich sehe, hier zeichnen sich schon einige Spannungen ab. Dennoch möchte ich auf unsere Vorstellungsrunde zurückkommen ...

SCHNEEWITTCHEN: Sie erscheint mir nur begrenzt sinnvoll, wenn man den Partner nicht einmal mehr dazu bewegen kann, zur Therapie mitzukommen *(Blickt vorwurfsvoll auf die leeren Plätze.)*

JÜNGSTE KÖNIGSTOCHTER *bricht in Tränen aus.*

SCHNEEWITTCHEN: Ich mein ja nur.

PAARTHERAPEUT: Na na, es ist doch erst die erste Sitzung. Nächste Woche ...

TAPFERER PRINZ: Ihr Froschkönig liegt im Krankenhaus. Gehirnerschütterung und drei gebrochene Rippen.

PAARTHERAPEUT: Oh.

JÜNGSTE KÖNIGSTOCHTER: *(Schluchzend.)* Ich ... ich wollte das doch nicht! Er hat mich zur Weißglut gebracht mit seinen Forderungen – und als er dann mit mir in einem Bett schlafen wollte, da ... da bin ich durchgedreht.

TAPFERER PRINZ: Sie hat ihn in einem Wutanfall gegen die Wand geworfen.

PAARTHERAPEUT: Ich verstehe. Haben Sie schon einmal über Anti-Aggressionstraining nachgedacht?

SCHNEEWITTCHEN: Offensichtlich nicht, sonst wäre es ja nicht passiert.

JÜNGSTE KÖNIGSTOCHTER *springt auf und rennt weinend ab.*

PAARTHERAPEUT: *(Sieht ihr für einen Moment hinterher, beschließt dann jedoch mit den verbleibenden Teilnehmern weiterzumachen.)* Nun gut. Wir waren bei der Vorstellung …

SCHNEEWITTCHEN: Und wo haben *Sie* Ihre Partnerin gelassen, Herr …?

BIEST: Biest.

SCHNEEWITTCHEN: Was? So sehen Sie aber nicht aus!

PAARTHERAPEUT: Sie wurden bereits zurückverwandelt, nehme ich an?

BIEST: Ja, leider.

SCHNEEWITTCHEN: Was meinen Sie?

BIEST: Meine Frau kommt mit meinem neuen Aussehen nicht klar. Die Verwandlung kam etwas überraschend für sie.

SCHNEEWITTCHEN: Aber Sie sehen doch gut aus!

BIEST: In Ihren Augen vielleicht. Aber sie steht wie viele der modernen jungen Damen mehr auf düstere Typen, nicht auf glatte Schönlinge wie … wie ich jetzt einer bin.

SCHNEEWITTCHEN: Davon habe ich gehört!

SCHÖNER PRINZ: Ich vermisse die alten Zeiten. Damals haben sie noch genommen, was ihnen angeboten wurde. Die

Frauen von heute dagegen sind viel zu selbstständig und taktlos.

TAPFERER PRINZ: Und so emanzipiert.

SCHÖNER PRINZ: Als ich Schneewittchen kennenlernte, war sie gänzlich anders! Wunderschön und bezaubernd – und ich verliebte mich sofort in sie. Aber jetzt ...

SCHNEEWITTCHEN: Ich hatte mich an einem Apfel verschluckt und lag wie tot in einem Sarg!

SCHÖNER PRINZ: Eben. Du warst ruhig und friedlich und schweigsam. Seit du aufgewacht bist, redest du ununterbrochen!

SCHNEEWITTCHEN: Natürlich, sonst müsste ich *dir* doch zuhören.

SCHÖNER PRINZ: Entschuldige, aber vielleicht habe ich auch etwas von Interesse zu sagen?!

PAARTHERAPEUT: Ruhig, ruhig, meine Dame, mein Herr. Vielleicht ist das der Punkt, an dem Sie Ihre Erfahrungen mit den anderen teilen wollen, Herr Drosselbart?

KÖNIG DROSSELBART: Macht bloß nicht den Fehler, den ich gemacht habe! Meine Frau war ebenfalls ausgesprochen gesprächig und hochnäsig und –

SCHNEEWITTCHEN: Pff! Ich und hochnäsig? Selbst die Tiere kommen in Scharen zu mir, wie könnte ich da –

KÖNIG DROSSELBART: Jedenfalls ließ ich sie glauben, sie hätte einen Bettler geheiratet. Dadurch habe ich es geschafft, ihr Demut und Zurückhaltung anzuerziehen.

SCHÖNER PRINZ: *(Interessiert.)* Das geht?

KÖNIG DROSSELBART: Nein. Früher vielleicht. Aber heute ... Als ich ihr dann meine wahre Identität enthüllt habe, war alles wieder zunichte. Sie hat mich einen Lügner genannt und beschimpft. Was ich mir denn dabei denken würde, sie umerziehen zu wollen. Da war von Demut nichts mehr übrig. Und von unserer Ehe auch nicht.

SCHÖNER PRINZ: Was nicht der schlechteste Ausgang wäre ... *(Bekommt einen Knuff von Schneewittchen.)* Autsch!

PAARTHERAPEUT: Wir sind doch hier, um eine gemeinsame Lösung zu finden.

TAPFERER PRINZ: Ohne Ihnen zu nahe treten zu wollen, Herr Drosselbart, aber immerhin hatte Ihre Partnerin noch einen nachvollziehbaren Grund. Bei mir dagegen – ich habe sie lediglich wachgeküsst!

BIEST: Mit dem Küssen fangen immer die Probleme an.

SCHNEEWITTCHEN: Ich wurde nicht einmal geküsst! Mich hat man einfach *fallen gelassen!*

DORNRÖSCHEN: Und das haben Sie so stehen gelassen, also ich hätte –

TAPFERER PRINZ: *(Augenrollend.)* Ihn verklagt.

SCHNEEWITTCHEN: Wirklich?

DORNRÖSCHEN: Auf Körperverletzung!

TAPFERER PRINZ: Bei mir versucht sie es gerade auf Hausfriedensbruch und sexuelle Belästigung.

DORNRÖSCHEN: Und ich werde auch gewinnen, du wirst schon sehen!

TAPFERER PRINZ: Ohne mich würdest du immer noch schlafen!

DORNRÖSCHEN: Na und? Ich persönlich bin zwar von gestern, aber die Zeiten sind glücklicherweise vorbei, in denen ich jeden dahergelaufenen Prinzen heiraten muss, nur weil er auf die Idee kommt, mich zu küssen.

TAPFERER PRINZ: Dahergelaufen? Na hör mal, ich habe mit der Dornenhecke gekämpft!

DORNRÖSCHEN: Oder die Zeiten, in denen Frauen einen König heiraten müssen, nur weil sie ein einziges Mal mit ihm getanzt haben.

SCHNEEWITTCHEN: Armes Aschenputtel.

DORNRÖSCHEN: *(Zückt eine Karte und reicht sie Schneewittchen hinüber.)* Kann ich jedenfalls sehr empfehlen.

SCHNEEWITTCHEN: Was ist das?

DORNRÖSCHEN: Die Karte meiner Anwältin. Sie ist wirklich gut.

TAPFERER PRINZ: Ist das der wahre Grund, warum du dich plötzlich doch zur Therapie bereiterklärt hast?

SCHÖNER PRINZ: *(Zu Schneewittchen.)* Du wirst doch nicht …

SCHNEEWITTCHEN: Ist es nicht das, was du willst?

PAARTHERAPEUT: Aber, aber – Sie sind doch hier, um wieder zusammenzufinden!

SCHÖNER PRINZ: Genau! Komm, Schatz, so habe ich das doch nicht gemeint.

DORNRÖSCHEN: Lass dich von ihm nicht so unterkriegen, Liebes. Ihn verunsichert nur, dass du diejenige bist, die den Schritt wagt. (*Zückt Handy.*) Aber falls du moralische Unterstützung brauchst, machen wir dir jetzt gleich einen Termin bei ihr. Komm mit auf den Flur, dort sind wir ungestört.

SCHNEEWITTCHEN: (*Stammelnd.*) Danke! Wirklich ...

DORNRÖSCHEN *nimmt das zögerliche* SCHNEEWITTCHEN *am Arm und zieht sie leise auf sie einredend in Richtung Tür.*

PAARTHERAPEUT: Halt! Sie können doch nicht ... Die Therapie ... Jedes Problem kann gelöst werden!

DORNRÖSCHEN: (*Von der Tür aus.*) Richtig. Und diese Lösung hier ist sehr wirkungsvoll. (*Winkt in die Runde, mit* SCHNEE-WITTCHEN *ab.*)

SCHÖNER PRINZ: Oh nein.

PAARTHERAPEUT: (*Verzweifelt.*) Aber ... alle Märchen enden doch gut!

SCHÖNER PRINZ: Und es war Ihre Aufgabe, dafür zu sorgen!

TAPFERER PRINZ: Jede Wette, dass er nicht einmal die eigene Ehe im Griff hat und uns nur einbestellt hat, um uns auszu-horchen. Gruppen-Paartherapie, pah!

PAARTHERAPEUT: *(Sinkt in seinem Sessel zusammen.)* Meine Frau, sie wollte doch einen Märchenprinzen. Aber anscheinend sollte ich sie nicht wie eine Märchenprinzessin behandeln.

Dornen und Glas

Sie hing an seinen Lippen. Oder versuchte es zumindest.

Tatsächlich war alles, was sie tat, auf seinen Mund zu starren, wie er sich bewegte und Worte formte, die an ihr vorbeiglitten. Rosanne blinzelte, umklammerte ihr Cocktailglas und bemühte sich um Konzentration. Doch so sehr sie sich auch anstrengte, seine Sätze waren wie Seifenblasen. Sie konnte ihr Schillern bewundern, aber sie konnte sie nicht ... greifen. Sie verlor sich in den einzelnen Farben, ohne dem Inhalt folgen zu können.

Dabei lag es an ihr selbst und nicht an ihm, das wusste sie – und konnte doch nichts dagegen tun. Also strich sie mit den Fingerspitzen über die Feuchtigkeit, die sich am Glas gesammelt hatte, verfolgte wie die gezogenen Muster sich von allein wieder schlossen. Ab und zu sah sie auf, nickte, gab ein »M-hm« oder »Interessant« von sich. Sie nahm die Kirsche vom Glasrand und schob sie sich in den Mund. Sie hätte süß sein müssen, fruchtig. Rosanne versuchte sich den Geschmack vorzustellen, doch stattdessen öffnete sich in ihr ein Abgrund der Verzweiflung.

Da saß sie hier mit Prinz Charming – oder zumindest einem Mann, der dem Prinz Charming ihrer Phantasie verdammt nah kam – und war nicht in der Lage, sich wenigstens für ein, zwei Stunden wie ein gewöhnlicher, aufmerksamer Mensch zu benehmen. Zwischen ihm und ihr befand sich eine unsichtbare Glasscheibe, sie trennte ihn – nein, die ganze Welt, die Realität von ihr. So musste sich eine Blume fühlen, die der plötzliche Wintereinbruch mit Frost überzogen hatte: lebendig konserviert.

Ein Druck auf ihrem Arm ließ Rosanne zusammenzucken. Sofort verschwand er wieder. Verspätet begriff sie, dass *er* sie berührt hatte. Ali. Er hatte sie berührt, mit seiner schlanken, sehnigen Hand. Er suchte den Kontakt zu ihr. Das war ein gutes Zeichen, oder? Sie zauberte ein Lächeln auf ihr Gesicht. Und zuckte erneut zusammen, als Ali daraufhin mit der Hand vor ihrem Gesicht herumwedelte. »Sag mal, wo bist du eigentlich?«, wollte er wissen.

»Wo sollte ich sein?«

»Du könntest es auch sagen, wenn ich dich langweile, weißt du. Ich muss meine Zeit nicht mit dir verschwenden.«

Verschwenden? Ali warf einen Geldschein auf den Tisch und war schon halb von seinem Stuhl aufgestanden, bevor Rosanne ihre Sprache wiederfand. »Nein, so ist das nicht. Ich bin ... Ich habe ein Wahrnehmungsproblem. Bitte! Ich mochte den Abend bis hierhin.«

Er hielt inne, den Mantel bereits halb zugeknöpft, und sah aus dunklen Augen auf sie herab. »Du meinst so etwas wie eine Krankheit?«

Mehr eine Art Fluch. Und wenn er sie küsste, wäre sie endlich erlöst.

»Weißt du was? Vergiss es«, schnaubte er. Sie hatte schon wieder zu lange gebraucht. »Du machst dir doch einen Scherz mit mir. Ich bin weg.«

»Ali –«

Doch er war schon aus der Tür. Sie konnte ihn sehen, wie er auf der anderen Seite der großen Glasfenster auf die Straße trat und helle Atemwolken in die Nacht entließ. Bereits im Weggehen zog er sein Smartphone aus der Hosentasche. Wenn sie hätte wetten müssen, dann öffnete er jetzt bestimmt LAF, die Dating App, über die sie sich kennengelernt hatten und sah nach, ob an diesem Abend nicht womöglich noch mit einer anderen etwas ging.

Rosanne ließ die Stirn auf die Tischplatte sinken.

Sie hatte versucht, ihren Dates die Wahrheit zu sagen. Sie hatten sie allesamt für verrückt erklärt und waren geflohen.

Sie hatte versucht, ihren Dates eine abgewandelte, leicht verdaulichere Version der Wahrheit zu sagen. Sie waren geflohen.

Sie hatte versucht, ihren Dates gar nichts zu sagen. Aber dann waren sie erst recht geflohen. Niemand von ihnen versuchte auch nur, die unsichtbare Glasscheibe einzureißen. Ein Blick auf das Hindernis – und schon wandten sie sich ab. Als wäre sie eine Prinzessin hinter einer Dornenhecke und es würde sie Schweiß und Blut fordern, zu ihr durchzudringen.

Rosanne hob den Kopf und fischte ihr eigenes Smartphone aus der Handtasche, suchte den Chat mit Marieke und tippte:

> 33 ist auch nur eine Schnaps-, keine Glückszahl.

Es dauerte nicht einmal eine Minute, dann surrte das Telefon in ihrer Hand.

Och menno, wie schade!

Dann trink auch Schnaps drauf, ich mach mit.

Es folgte ein Foto von einem Whiskeyglas. Streng genommen zwei Gläsern, im Hintergrund erkannte Rosanne das andere, zusammen mit einer breiten Hand. Eric, Mariekes Verlobter. Mariekes perfekt zu ihr passender Traumprinz.

Danke.

Rosanne griff nach ihrem Cocktail.

Das Mondlicht wanderte langsam über die Zimmerdecke. Sie lag allein in ihrem Bett. Wie immer. Manchmal war es erträglich. Aber in Nächten wie dieser fühlte es sich an, als wäre die Leere neben ihr so schwer, dass sie die Matratze herunterdrückte und sie mit sich zog. Die Leere, die für alles stand, was sie nicht haben konnte. Sie war sechsundzwanzig Jahre alt und ungeküsst.

Rosanne schob die Bettdecke zur Seite, stand auf und ging in die Küche. Sie füllte sich ein Glas Wasser mit Leitungswasser und trank. Ihr Blick fand von allein den großen Stammbaum, den sie über ihren Esstisch gemalt hatte. Ihre Familie, über mehrere Jahrhunderte hinweg, all die Paare, die sich gesucht und trotz des Fluches glücklich gefunden hatten. Der Stammbaum war gezielt dort angebracht, damit sie jeden Morgen daran erinnert wurde, dass es Hoffnung gab. Die meisten Frauen ihrer Familie hatten ihre Rettung gefunden. Warum sollte sie nicht?

Vielleicht weil es andere Zeiten gewesen waren. Vielleicht hatte es damals noch die Liebe auf den ersten Blick gegeben. Liebe gegen jede Vernunft. Vielleicht gab es jetzt zu viel Auswahl, zu viele Möglichkeiten und das machte aus Rosanne automatisch ... nein, nicht einmal zur zweiten Wahl. Eher zur zehnten.

Sie stellte ihr Glas ab. Das Geräusch war laut in der stillen Küche, verstärkte das gewohnte Gefühl der Unwirklichkeit noch. Als würde sie sich selbst von außen betrachten. In einem Film, nicht real. Und wie konnte das hier auch real sein? Flüche gab es nicht, sagte die Wissenschaft. Also gab es sie selbst womöglich nicht. Es gab nur ihren Geist, denn der dachte, der *musste* wirklich existierten. Das war das Einzige, was sie sicher wusste. Für ihren Körper dagegen gab es keinen Beweis ... oder?

130

Sie verlor sich schon wieder.

Mechanisch füllte sie sich ein weiteres Glas aus dem Wasserhahn ein und trank. Für einen Moment spürte sie die Kühle des Wassers, fühlte, wie es ihre Kehle hinab und in ihren Magen gelangte.

Wenn sie ihre Symptome im Internet recherchierte, dann ließen sich diese wohl als Derealisation zusammenfassen: eine entfremdete Wahrnehmung der Umwelt, bei der alle Sinneseindrücke abgeschwächt waren, sodass die Realität entfernt und traumhaft wirkte. Doch was nutzte ihr der medizinische Fachbegriff, wenn ihr die Wissenschaft selbst nicht helfen konnte? Medikamente und Therapie konnten nichts ausrichten, schließlich handelte es sich in ihrem Fall um einen Fluch, nicht um eine Erkrankung. Weil eine Vorfahrin vor über neun Generationen den fatalen Fehler begangen hatte, eine Fee zu verärgern – deren Existenz der Wissenschaft ja auch unbekannt war. Diese Fee hatte dann nicht nur an der Übeltäterin, sondern auch an allen weiblichen Nachkommen Rache genommen.

Rosanne war sechzehn gewesen, als sie sich in die Hand gestochen und der Bann über sie hereingebrochen war. Hundert Jahre würde er andauern. Demnach würde sie entweder hundertsechzehn Jahre alt werden – was utopisch war – oder vorher geküsst werden müssen, wenn sie sich je wieder so lebendig wie zuvor fühlen wollte.

Also musste Rosanne weitersuchen. Auch wenn Marieke behauptete, sie würde dabei verpassen, trotz des Fluches glücklich zu sein. Dass sie mit der Situation arbeiten sollte, wie sie war, anstatt auf jemand Fremdes zu hoffen.

Aber Marieke hatte schließlich gut reden. Sie hatte ihren Traumprinzen gefunden und selbst davor hatte ihr Fluch sie wenigstens nicht vom Empfinden von Glück abgetrennt.

Sie selbst war machtlos gegen den Fluch. Aber ihre Mutter und ihre Großmutter hatten ihr versprochen, dass irgendwann auch ihr Held kommen würde, der sie erlöste. Den einen, ihren Traumprinzen, der sich richtig, der sich echt anfühlte, und sie wie im Märchen aus dem Glassarg riss, der sie vom Rest der

Welt abschirmte.

Erschöpft ging Rosanne zurück in ihr Schlafzimmer und kroch unter die Bettdecke. Für den Moment war sie froh, wenn sie wenigstens noch Schlaf fand, wenn schon nicht ihren Retter.

Sie warf einen kurzen Blick über die Schulter, ob ihr Kollege in der Nähe stand, dann tippte sie rasch eine Antwort ins Smartphone. Mariekes Junggesellinnen-Abschied stand kurz bevor und in der Planungsgruppe überschlugen sich alle. Sie kannten sich alle aus einem Internet-Selbsthilfe-Forum für Personen, die von magischen Flüchen betroffen waren. Marieke selbst hatte von einem Tag auf den anderen ihre Stimme verloren und bei jedem Schritt ein Stechen in den Fußsohlen verspürt. Ohne mögliche Erklärung durch die Wissenschaft. Sie hatte sich hilflos und verzweifelt gefühlt, hatte die Welt nicht verstanden, bis sie – wie sie alle – eine Zuflucht in der Selbsthilfe-Gruppe gefunden hatte. Gemeinsam mit Rosanne hatte sie über Videocalls Gebärdensprache gelernt und Marieke behauptete immer noch, dass es diese wiedergewonnene Selbstliebe war, die ihr Erics Liebe überhaupt ermöglicht hatte. Der erste Kuss mit ihm hatte sie erlöst und schon das hatten sie in ihrer Gruppe ausgiebig gefeiert, der Junggesellinnen-Abschied musste also angemessen größer werden.

Rosanne ließ das Smartphone in ihrer Hosentasche verschwinden und nahm ihre Arbeit wieder auf, sortierte einen Stapel neu gelieferter Bücher an die richtige Position im Regal. Für die oberste Reihe musste sie auf Zehenspitzen balancieren. Natürlich hätte sie sich auch eine kleine Leiter holen können, doch das verzweifelte Strecken war eine gute Vorlage für alle männlichen Kunden, ihr zu helfen.

»Die hier auch.« Ihr Kollege Morgan legte einen weiteren Stapel neben ihr auf dem Wagen ab. »Aber die kommen auf die Aussteller-Tische.«

Auf dem Cover des obersten Buches hatten ein Mann und eine Frau die Gesichter einander zugeneigt, in den letzten paar Sekunden vor dem Kuss für alle Ewigkeiten festgefroren. Aber es war ein Buch und damit klar und unbestreitbar, dass es diesen Kuss geben würde, dass die beiden ein Happy End bekommen würden. Schließlich verkaufte es sich so besser.

»Rosanne?«

Sie sah auf, schenkte Morgan ein flüchtiges Lächeln. »Kam an, danke.«

Ihr Kollege nickte und verschwand wieder zwischen den Regalen. Er war einer der Wenigen, der sich klaglos mit ihrer Eigenartigkeit arrangiert hatte. Er war einfach grundlieb. Weshalb es Rosanne auch nicht verwunderte, dass er bereits seit über fünfzehn Jahren glücklich verheiratet war.

Sie nahm das nächste Buch und sortierte es ein. Dann noch eins und noch eins. Bei dem Buch, das darunter zum Vorschein kam, zögerte sie. Sein Umschlag war mit Rosen bedeckt, inklusive der Dornen. Ein Bild, natürlich. Dennoch fiel es ihr schwer, danach zu greifen.

Mit Dornen hatte alles angefangen. Jeder in Rosannes Familie hielt sich instinktiv von allem Spitzen fern. Keine Verletzung am Finger – keine Derealisation. In der Theorie zumindest. In der Praxis war niemand in ihrem Stammbaum dem Fluch je entkommen.

Sie war auf Klassenfahrt bei der unvermeidlichen Nachtwanderung gewesen, mit den obligatorischen Erschreckern im Gebüsch. Und einer von ihnen hatte Rosanne direkt in ein Gestrüpp aus Brombeeren gestoßen. Versehentlich vielleicht, aber es war dennoch geschehen. Ihr blieb nicht einmal mehr Zeit, Tränen der Wut darüber zu vergießen. Der Fluch hatte sich sofort um sie geschlossen, hatte alle starken Empfindungen und Sinneseindrücke hinter einer Glasscheibe gedämpft.

Rosanne sortierte die Bücher um, die sich bereits auf dem

Aussteller-Tisch befanden, um Platz für die neuen zu schaffen. Zwischen den beiden großen Schildern in der Mitte entdeckte sie eine Spinne. Ihr dunkler Körper war Daumennagel groß, die Beine dicker als Stecknadeln. Sie konnte sogar die einzelnen Haare auf ihrem Hinterteil erkennen.

Wie auch immer die hier hingekommen war. Mechanisch fing Rosanne sie mit den Händen ein, steuerte zum Eingang der Buchhandlung und ließ sie wieder laufen. Dann kehrte sie zum Tisch zurück.

»Beeindruckend.«

»Hm?« Rosanne drehte sich nach der tiefen Stimme um. Der dazugehörige Besitzer war um die dreißig, trug eine runde Brille, einen gepflegten Vollbart und ein schiefes Lächeln.

»Sie haben gerade nicht nur eine Spinne gefangen, ohne mit der Wimper zu zucken, anstatt kreischend davonzulaufen. Sie haben sie auch nicht getötet.«

Rosanne runzelte die Stirn. Sie erinnerte sich an ihr sechzehnjähriges Ich, das sich in die gegenüberliegende Ecke des Raumes geflüchtet hatte, wenn sie eine noch so winzige Spinne entdeckte. Sie erinnerte sich auch daran, wie schmerzhaft es sein konnte, sich die Finger zu verbrennen. Und wie himmlisch, Schokolade zu essen. Wenn sie jetzt Schokolade aß, dann schmeckte es, als wäre sie durch Pappmaché ersetzt worden.

»Das sollte keine Kritik sein«, ergänzte ihr Gegenüber. »Wie gesagt, ich finde das eher beeindruckend.«

»Ich habe es nicht so mit dem Kreischen.«

»Immer die Coolness in Person?«

»Eher Eisstatue als Mensch«, bestätigte Rosanne und versuchte sich an einem Lächeln, um ihre Worte abzuschwächen.

Und er grinste zurück. Für einen Moment war da so etwas wie Hoffnung in ihrer Brust. Ein winziger, blasser Leuchtstreifen.

»Aber ich will Sie nicht weiter von Ihrer Arbeit abhalten«, sagte er dann. »Wo finde ich Fachbücher zum Thema Geschichte?«

»Dort drüben.« Sie deutete auf die gegenüberliegende Seite der Buchhandlung. Er zögerte kurz, es wirkte beinahe, als wollte er noch etwas sagen. Doch dann ging er davon. So beeindruckend war sie anscheinend doch nicht gewesen.

»Wie wäre es mit mehr Eigeninitiative?«

Rosanne zuckte zusammen. Morgan stand neben ihr.

Ertappt nahm sie das Arrangieren der Bücher wieder auf. »'Tschuldigung, ich war in Gedanken.«

»Ich meine nicht die Arbeit. Ich meine ihn.«

»Was?«

Morgan nickte in Richtung Fachbuch-Sektion. »Noch ist er da. Noch kannst du ihn nach seiner Nummer fragen – oder seinem Twitter-Account oder wie auch immer ihr jungen Leute das inzwischen macht.«

»Er hat kein Interesse.«

»Aber du. Und vielleicht kommt seins *dadurch*, dass du den ersten Schritt machst.«

»So läuft das nicht.« Es musste doch eine Verbindung zwischen ihnen geben, einen Funken. Und wenn schon nicht von ihrer Seite, dann von seiner. Was sollte sie mit einem Prinzen, den sie überreden musste, sich überhaupt mit ihr zu befassen? Das wäre kein Held, sondern in Rosannes Augen eine *couch potato*.

Auch wenn sie darüber mit Marieke schon ausgiebige Diskussionen geführt hatte.

»Aber deine jetzige Strategie funktioniert besser?«, hakte Morgan nach.

»Ich versuche es doch. Ich bin sogar bei LAF angemeldet, schreibe Leute an und verabrede mich mit ihnen. Ist das keine Eigeninitiative?«

»Das ist diese Dating App, richtig? LikeAFairytale? Und wie viel Antrieb geht von dir aus, sobald ihr euch im echten Leben trefft?«

Vielleicht hatte er Recht. Vielleicht konnte sie ihren Helden keinen mangelnden Enthusiasmus und fehlenden Funken vorwerfen, wenn er ihr selbst fehlte. Aber woher sollte sie ihn nehmen? Wie sollte sie für etwas brennen, wenn sie nicht einmal mehr richtige Hitze, sondern nur noch schwache Wärme spürte? Wenn sie in den entscheidenden Momenten den Bezug verlor und ihr Gegenüber zu einer Seifenblase wurde? Wie bei Nummer Dreiunddreißig.

»Rosanne?«

»Ich werde es versuchen«, murmelte sie. Nur wollte es ihr nie gelingen, allein durch Willensstärke den Verlauf eines immer gleichen Traums zu steuern.

In zwei Gruppen, mit gelben und blauen Blumen im Haar, liefen sie in die schummrige Landschaft mit vereinzeltem grellen Neonlicht und lauter Techno-Musik, verteilten sich zwischen den aufgestellten Wänden und Hindernissen. Marieke drehte sich zu Rosanne um. Mit ihren rot gefärbten Dreadlocks, den Langschaftstiefeln und dem Lasertag-Gewehr in der Hand sah sie jetzt mehr denn je nach Piratenprinzessin aus.

Marieke sagte etwas zu Rosanne, doch bei der Lautstärke kamen nur Wortfetzen bei ihr an. Kurzerhand stellte die Fast-Braut ihre schwere Waffe ab und nahm die Hände zu Hilfe. Wie früher – oder wie gegenüber Eric, dessen Stummheit nicht fluchbedingt war – flogen ihre Hände mühelos durch die Luft, malten Wörter für Rosanne: *Ich weiß, dass das deine Idee war.*

Rosanne setzte ebenfalls ihr Gewehr ab. *Und du grinst, seitdem du weißt, was wir vorhaben.*

Marieke setzte zu einer Antwort an – doch bevor sie dazu kam, erklang der Gong, der die Runde eröffnete. Sie formte mit den Händen ein Herz, dann nahmen sie beide ihre Spielwaffen wieder auf. Ein letztes einvernehmliches Lächeln, dann tauchten sie in unterschiedliche Gänge ab.

So sehr Rosanne gewusst hatte, dass Marieke im Lasertag aufgehen würde, so sehr war ihr auch klar gewesen, wie sehr sie selbst fehl am Platz sein würde. Sie besaß weder die nötige Schnelligkeit noch Konzentration. Sie wurde entdeckt und abgeschossen, kehrte zur Basis zurück und wurde kurz darauf erneut entdeckt und abgeschossen. Noch dazu erdrückte sie diese unwirkliche Szenerie – das künstliche Licht, die imitierten Gewehre, die lauten Beats. Sie verstärkten das ohnehin stets präsente Gefühl der Scheinwelt, nur war sie jetzt nicht in einem Traum, sondern in einem Computerspiel.

Bellatrice lachte triumphierend, als sie Rosanne zum dritten Mal innerhalb weniger Minuten ausschaltete. Und Rosanne spürte, dass die permanente Demütigung sie von innen aushöhlte. Natürlich, es war ein Wettkampf, aber Bellatrice kannte doch ihr Problem! Konnte sie nicht wenigstens ein bisschen Verständnis zeigen? Sie hatte gedacht, dass wenigstens die anwesenden Mädels heute Abend es besser wissen müssten, sie hatten doch selbst mit einem magischen Fluch zu kämpfen.

Plötzlich war sie wütend, wütend auf die anderen, auf diesen verdammten Fluch, aber vor allem auf sich selbst. Sie befand sich auf dem Junggesellinnen-Abschied ihrer besten Freundin und doch hätte es sich sogar für einen Computerspieler mit Maus und Tastatur vor einem Bildschirm realer angefühlt als für sie. Und wo lag eigentlich das Problem? Das Ganze hier fühlte sich also nicht echt genug an? Es war also mehr virtuelle Welt als echtes Leben? Dann war das vielleicht die einzige Situation überhaupt, in der nicht von ihr erwartet wurde, dass sie aus ihrem Halbschlaf aufwachte! Es war dafür konzipiert, sich unwirklich anzufühlen!

Rosanne beobachtete sich von außen, wie sie durch die Gänge schlich, das Gewehr im Anschlag. Sie stand neben sich, war lediglich eine Spielfigur, ihre Fremdheit genau das, was sich in dieser fiktiven Welt einfügte. Plötzlich waren all die Details, die sie sonst ablenkten, Hinweise. Ein Schatten, der sich verschob, ein Blinken am Rande des Gesichtsfeldes, ein Kreischen und ein Lachen hinter der Wand links von ihr, wo es gerade jemanden erwischt hatte. Sie war noch immer nicht die Schnellste, aber sie war besser vorbereitet. Konnte die anderen umgehen, sich von hinten heranpirschen ... Und als sie den ersten Treffer überhaupt landete, lief ihr das Gefühl des Triumphs warm über den Rücken.

Die Nachtluft schlug ihnen entgegen, als sie nach draußen traten, und kühlte Rosannes überhitzte Wangen. Die anderen Mädels stolperten hinter ihr aus der Tür, ständig fielen sie sich gegenseitig ins Wort, übertönten einander, machten Witze. Rosanne sagte nichts, doch das Lächeln fiel ihr leicht. Sie fühlte sich so selbstsicher und auf dem Boden verankert wie seit Ewigkeiten nicht mehr. Die Scheibe zwischen ihr und der Umwelt war nicht weg, nein, das nicht. Aber sie war dünn geworden, rissig beinahe. Sie sah sich nach Marieke um –

Und entdeckte, dass neben dem Eingang eine Person im Licht der Straßenlaterne stand. Ein Mann mit Vollbart, Brille und Handy am Ohr. Rosannes Füße stockten. Er war der, der sie in der Buchhandlung angesprochen hatte.

»Nicht starren«, raunte Marieke ihr ins Ohr und hakte sich bei ihr unter, zog sie weiter. »Heute Abend sind weder Männer noch Sorgen erlaubt.«

Doch Rosanne drehte sich noch einmal zu dem Fremden um. Was für ein Zufall, dass sie sich noch einmal über den Weg liefen – und das nach so kurzer Zeit. Was, wenn das ein Zeichen war? Eine zweite Chance?

»Was ist?«, wollte Marieke wissen.

»Etwas ist anders. Es ist nicht so wie sonst.« Sie *wollte* ihn ansprechen. Von sich aus, freiwillig. Vielleicht war es das Spiel, vielleicht war sie noch immer im Angriffsmodus. Sie hatte das Gefühl, wenn sie jetzt die Hand nach diesem Mann ausstreckte, dann konnte sie vielleicht ... ein Loch in das Glas um sie schlagen.

»Ich komme gleich nach. Gib mir zehn Sekunden.« Sie entzog Marieke den Arm und kehrte dann zur Eingangstür der Lasertag-Halle zurück. Sie platzierte sich unmittelbar vor dem Fremden und blickte ihn erwartungsvoll an.

Seine Augenbrauen schossen augenblicklich nach oben. »Warte kurz.« Er zog das Telefon vom Ohr und hielt es gegen seine Brust, um den Ton zu dämpfen. »Dich ... Ich hab dich schon einmal gesehen, oder?«

Das Strahlen breitete sich von allein auf ihrem Gesicht aus. »Rosanne«, erklärte sie. »Die Spinnenfängerin aus der Buchhandlung.«

»Ah, richtig. Die Eisstatue.« Jetzt grinste auch er.

»Wollen wir mal einen Kaffee zusammen trinken?«

Er lachte. »Das war jetzt sehr direkt. Aber ja, klar. Also ... ähm ... wann hast du nächsten Freitag Feierabend? Ich kann bei euch vorbeikommen und dich einsammeln.«

»Gegen neunzehn Uhr.«

Er salutierte, noch immer mit dem Handy in der Hand. »Dann bis nächsten Freitag.«

»Perfekt!«

Sie musste sich zusammenreißen, nicht zu hüpfen, als sie den anderen hinterhereilte. Sie sah noch einmal über die Schulter zu ihm zurück. Er hatte das Telefon wieder am Ohr und redete. Doch als er ihren Blick bemerkte, grinste er und winkte leicht.

»Wie heißt du eigentlich?«, rief sie ihm zu und war beinahe erschrocken über ihren eigenen Mut. Als könnte sie vielleicht allein die Glasscheibe sprengen.

Er bedeckte das Telefon mit einer Hand, doch vermutlich hörte auch sein Gesprächspartner seine Antwort, so laut war sie. »Philipp!«

Rosanne zog den Reißverschluss ihrer Jacke zu, das Geräusch klang verboten laut in der Stille der leeren Buchhandlung. Dann nahm sie sich ihre Tasche und den Schlüssel. Ging noch einmal durch die Lagerräume und prüfte, ob sie alles in gewünschter Ordnung zurückließ. Dabei wusste sie, dass er bereits draußen auf sie wartete. Sie hatte seine Silhouette durchs Schaufenster gesehen. Aber je länger sie es hinauszögerte, desto länger blieb die Hoffnung, dass es diesmal anders werden könnte.

Ihr Smartphone brummte. Rosanne zog es aus der Tasche und öffnete Mariekes Nachricht.

Ich höre dich bis hier denken.

Du gehst jetzt da raus und triffst dich mit ihm.

Und wenn es nichts wird, hast du wenigstens guten Kaffee getrunken.

Schuldbewusst steckte sie das Handy wieder weg, schaltete das Licht aus und schloss die hinteren Räume ab. Eigentlich hätte es sich wie ein Triumph anfühlen müssen, dass sie dieses Date selbst initiiert hatte. Stattdessen fühlte es sich an als hätte es jemand anderes für Rosanne arrangiert. Was auch immer die Veränderung am Lasertag-Abend verursacht hatte – jetzt war sie nicht mehr diese selbstbewusste, lebendige Frau mit Blumen im Haar, die selbst auf ihren Prinzen zutrat und ihn zum Tanz aufforderte. Dieser Zauber war erloschen. Sie war wieder die Halbtote, die nicht selbständig durch die Dornenhecke kam, die sie umgab.

Wieder vibrierte ihr Handy.

Das war ein Befehl!

Rosanne seufzte und tippte.

Ist ja gut. :P

Sie versuchte sich zusammenzureißen. Vielleicht spürte sie sie jetzt nicht mehr, die freudige Erwartung, die sie bei der Aussicht auf das Date mit Philipp damals empfunden hatte. Aber sie *war* da gewesen. Und das hieß, dass es irgendwo in ihr doch noch Leben geben musste. Dass es vielleicht *doch* in ihrer Hand lag, dieses Date in die richtigen Bahnen zu lenken. Nur wie? Wie entfachte man einen Funken inmitten von Eis?

Sie trat nach draußen auf die beleuchtete Straße und schloss hinter sich die Tür zu. »Da bin ich«, begrüßte sie ihn.

Philipp sah von seinem Handybildschirm auf und lächelte sie an. »Und ich auch.« Ihr Versuch Nummer Vierunddreißig. Ihre Hoffnung. Ihr potentieller Held.

»Hier.« Philipp lehnte sich neben sie an die Wand und hielt ihr eines der Gläser hin.

»Danke.« Rosanne nahm den Gin-Tonic entgegen und kurz berührten sich ihre Finger. Zufall oder Absicht? Sie stieß ihr Glas gegen seines.

»Auf den bisher sehr gelungenen Abend«, meinte er.

Automatisch sah Rosanne zum Billardtisch, der momentan noch von einer Vierergruppe in Beschlag genommen war. Jetzt, im Anschluss an den Kaffee, hatte sie sich für keine gewöhnliche Bar, sondern eine mit Billardtisch ausgesprochen. Sie hoffte, dass spielerische Konkurrenz der Schlüssel war, um die Glasscheibe loszuwerden. Dass sie das Date bis hierhin nicht verdorben hatte, war schon ein Wunder – oder Philipps Gelassenheit war es. Sie hatte bereits einige Male verspätet auf seine Fragen reagiert, aber bisher hatte er einfach seine Worte wiederholt und großzügig darüber hinweggesehen.

»Sie müssten gleich fertig sein.« Er nickte in Richtung des Tisches. »Von den Halben sind nur noch zwei Kugeln im Spiel.«

Für ein paar Momente sahen sie der Gruppe zu, wie sie abwechselnd die Kugeln über den grünen Teppich schickten. Dann wurde versehentlich die falsche Kugel versenkt und alle lachten. Die Frau, der es passiert war, entschuldigte sich daraufhin lebhaft bei ihrem Teamkollegen in Gebärdensprache.

Philipp gluckste und deutete mit seinem Glas zu der Frau. »Wie das immer aussieht. Als würden sie Grimassen schneiden, während sie wild mit den Händen fuchteln. Wie albern.«

Für den ersten Moment war Rosanne so sprachlos, dass sie ihn nur anstarren konnte. Philipp drehte den Kopf, um ihr ein Grinsen zuzuwerfen. »Findest du nicht?«

»Nein!«, entfuhr es Rosanne.

»Oh, jetzt wird es interessant.« Philipp neigte sich ein Stück zu ihr. »Habe ich einen wunden Punkt getroffen? Bei der Eisfrau? Ich dachte, du wärst unantastbar.«

»Das ist nicht witzig.«

»Doch irgendwie schon. Und dein Gesichtsausdruck erst. Du kriegst ja richtig Farbe.« Er hob die freie Hand und strich ihr mit einem Finger über die Wange.

Instinktiv stieß sie die Hand weg. Und erstarrte dann, weil sie verspätet begriff, was es gewesen war. Ein Vorspiel, die Andeutung von dem, was er vorhatte.

Philipp lachte. »Was kann ich noch tun, um dich aus der Reserve zu locken?«, fragte er und beugte sich vor. »Dir noch mehr von meiner schrecklich lasterhaften, lästernden Seite zeigen?« Der Abstand zwischen ihnen verkleinerte sich noch weiter. Von außen mussten sie aussehen wie die Gesichter auf dem Buchcover: angehalten in den letzten paar Sekunden, bevor *es* passieren würde.

Der Kuss. Das, worauf sie seit über zehn Jahren wartete.

Nur, dass Philipp definitiv nicht ihr Traumprinz war. Er war Welten von dem entfernt, was Marieke über Eric erzählte, was ihre Mutter und ihre Großmutter erlebt hatten. Da war nach wie vor nichts zwischen ihnen und er war nicht einmal *nett*. Ihn jetzt zu küssen, hätte ihn doch nur belohnt, trotz seines Verhaltens.

Abrupt wich sie vor ihm zurück, stellte den Longdrink auf dem nächstbesten Tisch ab und floh auf die Toilette der Bar.

Sie spritzte sich Wasser ins Gesicht und hob den Kopf, starrte sich selbst ins Gesicht. Ihrem Spiegelbild hinter Glas, so wie sie. Sie hätte ihren Retter haben können und sie hatte ihn abgewiesen. Sie fühlte sich nicht schlecht, sie fühlte sich wütend, ungewöhnlich lebendig-wütend. Die Aufregung der letzten Momente pulsierte in ihr, als wäre sie unter Strom gesetzt worden. Plötzlich war die Glasscheibe wieder rissig und durch die zarten Frakturen sickerten Mut und Entschlossenheit zu ihr herein. Ja, sie verdiente den erlösenden Kuss, aber *er* verdiente ihn nicht!

Sie würde in die Bar zurückkehren, ihm nur noch seinen Fehler erklären, ihre Jacke nehmen und gehen. Sie sammelte sich und öffnete die Tür. Sofort schlug ihr wieder das Stimmengewirr entgegen, die Musik, das Klirren von Gläsern. Zwei Männer am nächstgelegenen Tisch waren in eine sichtlich intensive Diskussion vertieft. In der Ecke dahinter küsste sich ein Paar.

Rosanne wollte das, wollte das alles. Dieses Teilhaben, dieses Voll-Dasein, dieses richtige Leben. Zehn Jahre hatte sie bereits auf der Suche nach einem Prinzen verschwendet, der sie aufweckte. Marieke hatte Recht, vermutlich war das ihr eigentlicher Fehler gewesen. Warum machte sie sich dermaßen von jemandem abhängig? Warum wartete sie so lange darauf, dass sich jemand durch ihre Dornenhecke kämpfte – nur um festzustellen, wie unsympathisch er war? Wann genau hatte sie angefangen, an dieses Konstrukt eines idealen Retters zu glauben? War sie selbst es gewesen, das sechzehnjährige Mädchen, oder ihre Umgebung – die rosaroten Erzählungen ihrer Mutter, ihrer besten Freundin, der Bücher?

»Dürfte ich mal vorbei?«, fragte eine Stimme hinter ihr.

Mechanisch trat Rosanne zur Seite und drehte sich um. Sie erkannte eine der Frauen aus der Billardgruppe, ihren unordentlichen Haarknoten auf dem Kopf. Für einen Moment sahen sie sich nur an – und was auch immer die Fremde in Rosannes Gesicht entdeckte, es ließ sie zögern. Die Tür fiel wieder zu.

»Geht es dir gut?«, hakte sie nach.

»Ja«, antwortete Rosanne automatisch. »Nein. Ich weiß nicht.« Sie war zu aufgewühlt, um klar denken zu können, und gleichzeitig waren ihre Gedanken so klar wie noch nie.

Denn eigentlich war es doch ganz einfach. Um den Fluch zu brechen, um endlich Teil der Welt außerhalb des Glassarges zu sein, brauchte sie nur einen Kuss, nicht gleich das Gesamtpaket. Es musste nichts bedeuten. Sie konnte ihre eigene Heldin sein.

Bevor das Prickeln in ihren Adern nachlassen, bevor der Frost sie erneut lähmen konnte, fragte sie: »Das ist vielleicht eine ungewöhnliche Frage, aber ...« Sie lächelte schief. »Dürfte ich dich kurz küssen?«

Plage

Teil I

Etwas bewegte sich vor ihm auf der Landstraße. Dom bremste scharf ab und starrte über die Windschutzscheibe seines Kraftrads hinweg. Nebelausläufer streckten sich vom Feld her über den feinen Schotter, nur sein Scheinwerfer schnitt einen klaren Lichtkegel in den Morgen. Das Fellbündel sah kaum größer aus als ein Schuh und war weder vor Schreck erstarrt, noch huschte es panisch davon. Es blieb, wo es lag, eine dunkle, zuckende Kontur.

War es von einem anderen Fahrzeug angefahren worden und durchlebte einen mühsamen Todeskampf?

Dom stellte das Warnlicht an und stieg ab, ging um den Beiwagen herum. Es steckte noch immer zu viel Wildhüter in ihm, um ein leidendes Tier einfach liegen zu lassen. Er klappte das Visier seines Helms auf und beugte sich hinab.

Eine Feldratte. Keine sichtbaren äußeren Verletzungen. Aber sie lag auf der Seite, immer wieder durchzuckten Krämpfe ihren Körper. Sie hielt die Augen fest geschlossen, die Wangen waren geplustert und die Ohren verkrampft dicht am Kopf. Dom untersuchte sie mit seinen grobschlächtigen Handschuhen, so gut

145

er konnte. Es musste etwas Inneres sein. Etwas, was das Tier langsam, aber sicher umbrachte.

Scheiße.

Reflexhaft tastete Dom an seinen Gürtel. Aber natürlich war dort keine Pistole mehr und auch sonst nichts von seiner Ausrüstung. Keine Flöte, kein magieverstärktes Blasrohr. Er hatte den Beruf aufgegeben.

Aber irgendetwas musste er tun. Er presste die Lippen aufeinander, sein Atem stieg in Wolken im Scheinwerferlicht auf, das Dröhnen vom Magiewerk des Kraftrads war das einzige Geräusch in der Stille. Er konnte das arme Tier unmöglich so liegen lassen. Wenn es noch Stunden dauern würde, bis es endlich starb. Stunden voller Qual und Leid.

Dann würde er eben improvisieren. Abrupt stand er auf, trat von der Landstraße und hob den erstbesten großen Stein auf, den er fand. Kehrte zum sterbenden Tier zurück.

Er hielt kurz inne, holte tief Luft. Fürchtete den kommenden Moment und wusste doch, dass er keine Wahl hatte.

Beherzt, wiederholte er im Kopf. Es war das Mantra seiner Ausbildung gewesen. *Beherzt*. So bitter es war, es geschah für das Tier. Kein Zögern. Kein zusätzliches Leiden.

Mit voller Kraft stieß er den Stein auf den Kopf der Ratte hinab.

Kein Zucken mehr.

Zitternd atmete er aus. Starrte hinauf zum blassgrauen Himmel, versuchte nicht zu denken, auch wenn sich in seinem Kopf unweigerlich die letzten Sekunden immer und immer wiederholten. Wie es sich anfühlte, das Leben zu nehmen. Es war das Richtige gewesen, daran gab es keinen Zweifel. Es hinterließ trotzdem ein widerliches Gefühl. Beschmutzend. Jedes Mal splitterte ein kleiner Teil von ihm ab und starb ebenfalls.

Er warf den Stein weit weg, las vorsichtig den kleinen Körper von der Straße auf und trug ihn zum Straßenrand. Dann schwang sich wieder aufs Kraftrad. Mehrfach musste er die Augen schließen und tief durchatmen, bevor er das innere Zittern wieder genug unter Kontrolle hatte, um das Fahrzeug zu lenken. Situationen wie diese waren der Grund, warum er das Wildhüter-Dasein zum Schluss gehasst hatte. Er hatte solche Begegnungen nie so gut verkraftet wie sein Freund Matthis. Er fuhr um den blutigen Abdruck auf dem Boden herum und weiter die Landstraße entlang in Richtung Stadt.

Etwas Kleines bewegte sich vor ihm im Nebel.

Dom brachte sein Fahrzeug erneut zum Stehen. Und diesmal schälte das Scheinwerferlicht noch mehr als eine einzelne Kontur aus dem Nebel. Vier Ratten, im Abstand von mehreren Metern lagen dort auf dem feinen Schotter. Zwei leblos, eine krampfte, eine kroch noch, schleppte sich Zentimeter für Zentimeter in Richtung der anderen Straßenseite. Dom schaltete das Kraftrad aus, stieg ab und holte die große Taschenlampe aus dem Beiwagen. Der Nebel über dem Feld schluckte jedes andere Geräusch, selbst die Vögel schwiegen. Dom ging ein paar Schritte voran, leuchtete die Straße ab. Dann schickte er das Licht über das Feld.

Ratten, Feldmäuse, Hamster. Überall waren weitere Tierkörper, manche gerade noch am Leben, viele bereits tot. Das hier war ein verdammter Friedhof.

Nein, kein Friedhof, denn es war nicht vorbei. Das hier war die Folterkammer, der Moment – die Stunden – davor, in denen sie etwas langsam und qualvoll sterben ließ.

Grauen legte sich wie ein eiserner Gurt um Doms Brust, zog sie zu. Er atmete tief durch, doch die Beengung wollte sich nicht lösen. Nur Handeln würde das.

Er griff in seine Hosentasche und holte den Fernkommunikator heraus, wählte die Verbindung zu Matthis und lauschte dem Klingeln.

Es dauerte nur wenige Sekunden, bis sein Freund abnahm.

»Ja?«

»Ich bin gerade nördlich der Stadt, kurz vor Margenberg. Hier liegen scharenweise Nagetiere auf der Straße und verenden. Hast du davon etwas gehört?«

»Nagetiere?«

»Hamster, Mäuse, Ratten. Keine Eichhörnchen, soweit ich

gesehen habe.«

Am anderen Ende raschelte es. »Hör zu, ich kann da jetzt nicht hochkommen. Ich hab hier ein Problem mit einem Reh im Zaun, das wird noch dauern.«

»Aber weißt du davon? Ich meine, es sind verdammt viele.« Dom sah sich um, zu den zitternden Körpern im Nebel. »Das passiert doch nicht zufällig. Vielleicht eine Krankheit?«

»Nichts, was uns Wildhütern zu Ohren gekommen wäre. Ich reich es weiter und erkundige mich, in Ordnung? Ich ruf dich zurück.«

Damit legte er auf. Einen Moment starrte Dom noch auf den Kommunikator, ohne ihn wirklich zu sehen, dann steckte er ihn wieder in seine Hosentasche.

Er könnte gehen und die Tiere hier vergessen, sich nicht zuständig fühlen. Darauf vertrauen, dass irgendwann – wenn die restlichen Notfälle ausblieben – hier jemand auftauchen und sich darum kümmern würde.

Oder er könnte bleiben, den Tieren jetzt sofort helfen und das zum schlimmsten Tag seines Lebens machen. Er hatte seinen Beruf an den Nagel gehangen, weil er es nicht aushielt, immer wieder den Gnadenschuss setzen zu müssen. Nur konnte man den Beruf leichter abstreifen als die Verantwortung.

Mit dem Gefühl, sich wissentlich in eine Horrorshow zu begeben, suchte er erneut nach einem großen Stein.

Der Vorfall machte ihm zu schaffen, er war eindeutig unkonzentrierter als sonst. Dom glich noch einmal die Liste mit den Produkten im Regal ab. Immerhin hatte er jetzt nichts mehr übersehen. Er trat einen Schritt zurück, um die Gesamtwirkung des Arrangements zu überprüfen, und strich sich mit der Hand übers Gesicht. Dann warf er einen Blick auf seinen Fernkommunikator. Immer noch keine Nachricht von Matthis.

Müde räumte er die verbliebenen magiebetriebenen Leucht-Halsbänder, Jagdspielzeuge und Mini-Konditionierungsautomaten zurück in den schweren Koffer und ließ die Verschlüsse zuschnappen.

Als hätte das Geräusch ihn heraufbeschworen, tauchte der junge Firmenmitarbeiter auf, der ihn hergeführt hatte.

»Fertig?«, fragte dieser und musterte den Regalabschnitt, den Dom neu bestückt hatte.

Dom hielt ihm die Auftragsbestätigung und einen Stift hin. Der hagere, junge Mann warf abwechselnd kritische Blicke auf die Waren und die Liste. Dom tippte, dass der Mann Student und das hier sein Nebenjob war, um die Miete zu finanzieren. Die ausgetretenen Schuhe verrieten ihn.

Der Mitarbeiter nickte, setzte seine Unterschrift darunter und gab Dom den Stift zurück.

»Ich fertige noch eine Kopie für unsere Unterlagen an«, sagte der Mann und verschwand.

Dom blickte die Gänge entlang. Spielzeug und Zubehör für Tiere aller Art stapelten sich in den Regalen, in so vielen Formen, Materialien und Farben, dass es eindeutig um den Geschmack der Besitzer, nicht um die Tiere selbst ging. Jede Marke belegte ihren eigenen Regalabschnitt, Name und Logo prangten in großen Lettern darüber wie in einem Bekleidungsgeschäft. Alles für die neusten Trends, basierend auf den jüngsten Entwicklungen im Bereich der magischen Töne.

Etwas bewegte sich am Rand seines Gesichtsfeldes. Ein Schatten. Ganz am Ende des Gangs, unter dem Regal.

Dom runzelte die Stirn. Vorsichtig ging er einige Schritte in die entsprechende Richtung, bückte sich und spähte unter das tiefste Regalbrett.

Eine Ratte, auf der Seite liegend, mit flacher Atmung.

Er blinzelte und das Bild verschwand. Nur ein paar Staubflusen. Sein Herz klopfte trotzdem stärker als sonst.

Was ging hier vor?

Ein schrilles Geräusch ließ ihn zusammenfahren. Sein Kommunikator klingelte. Mit fahrigen Fingern fischte er das Gerät aus seiner Hosentasche. Matthis. Endlich.

»Anscheinend gibt es eine akute Plage«, kam Matthis direkt zum Punkt. »Deswegen bringen die Landwirte einen neuen Bekämpfungszauber als Fressköder auf den Feldern aus.«

»Dieses Massensterben geht auf Magie zurück?«, fragte Dom ungläubig.

»Es gibt eine Sondererlaubnis vom Ministerium unter Abstimmung mit der zuständigen Naturschutzbehörde. Die Tiere haben sich wohl durch die milden Winter so stark vermehrt, dass die Regierung jetzt um die gesamte Ernte fürchtet.«

Milde Winter. *Und wer die wiederum zu verantworte hatte ...*

»Die Tiere leiden«, erklärte Dom wütend. »Das ist kein schneller, schmerzfreier Tod. Das ist ...« Doch es gab kein Wort, mit dem er das Grauen von diesem Morgen hätte beschreiben können. Schon der Gedanke daran öffnete wieder ein schwarzes Loch in seiner Brust.

»Verzeihung?« Der junge Mann von eben schob sich in Doms Sichtfeld.

»Ich muss auflegen. Danke, Matthis. Ich melde mich später wieder.« Er steckte den Kommunikator weg und nahm das Original des Formulars vom Studenten entgegen. Achtlos schob er es in seine Auftragsmappe.

»Ich verstehe Sie«, meinte der junge Mann plötzlich und wippte nervös auf den Fußballen. »Entschuldigung, ich konnte nicht verhindern, dass ich Ihren Teil des Gespräches mitgehört habe. Für Tierliebhaber wie Sie und mich ist es nicht einfach, beim langsamen Sterben zuzusehen. Aber es *muss* verzögert wirken. Etwas anderes funktioniert bei Nagetieren nicht, die sind klug.« Der Mann tippte sich an die Stirn. »Wenn sie sofort sterben, dann fressen die anderen nicht mehr von der veränderten Nahrung. Die Wirkung darf erst nach ein paar Stunden bis Tagen einsetzen.«

Dom runzelte die Stirn. »Verzögerte Wirkung ist eine Sache,

langsames, qualvolles Sterben eine andere. Es muss doch einen anderen Weg geben.«

»Meinen Sie nicht, dann hätte man ihn gewählt? Und wir können nicht einfach die Hände in den Schoß legen. Die Nager müssen dezimiert werden, sonst bleibt von der Ernte für uns nicht genug. So ist der Kreislauf des Lebens.«

Dom erkannte, wenn eine Diskussion sinnlos war, deswegen nickte er nur. Es kam ihm trotzdem bizarr vor – dass er, als der Ältere von ihnen, ausgerechnet derjenige war, der sich nicht mit dem Status Quo abfinden wollte. Wie konnte man so jung sein und sich schon so mit der Welt und ihren Schattenseiten abgefunden haben?

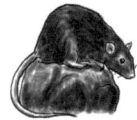

Dom klappte das Verdeck des Kraftrad-Beiwagens auf und hievte den großen Koffer hinein. Die Sonne stand inzwischen hoch am Himmel, der Nebel hatte sich verzogen. Er warf einen Blick auf seine Uhr. Er war schon jetzt zu spät für seinen nächsten Termin. Wenn die Wege so aussahen wie heute Morgen, dann würde seine Verspätung noch viel größer werden.

Für Tierliebhaber wie Sie und mich …

Grimmig blickte er auf den schweren Stein neben seinem Koffer. Besser, er führte ihn mit, bevor er in einer Gegend ohne große Steine landete. Dann zog er das Verdeck wieder zu. Im Augenwinkel nahm er eine kleine, zuckende Gestalt wahr.

Dom drehte sich um. Nur ein Vogel, der in einer Rille zwischen den Gehwegsteinen pickte.

Er stieg auf sein Kraftrad, steckte den Schlüssel ins Schloss und drehte ihn mehrfach um. Die dabei erzeugte metallene Tonfolge entzündete die Magie und schnurrend sprang das

Kraftrad an. Dom setzte seinen Helm auf, dann fuhr er vom Parkplatz des Haustierfachgeschäftes.

Er kam nur dreihundert Meter weit, bevor er anhalten musste.

Teil II

Dom versuchte ein Gähnen zu unterdrücken. Eine Woche Schlafmangel war einfach zu viel. Träge sortierte er die überflüssigen Waren aus seinem Koffer zurück in die Aufbewahrungskisten. Sie führten stets ein paar Exemplare zu viel mit, für den Fall, dass ein Kunde die bestellte Stückzahl erhöhen wollte. Allerdings hatte Dom das in seiner Zeit hier bisher nur einmal erlebt.

Ein Quietschen hinter Dom ließ ihn zusammenzucken. Erst verspätet erkannte er, dass das kein tierisches Geräusch gewesen war, sondern das von Schuhen auf blank poliertem Boden. Den flachen, sorgsam polierten Schuhen seiner Chefin, stellte er fest, als er sich umdrehte.

»Auf ein Wort?«

»Natürlich.« Mit einem unguten Gefühl im Bauch ließ Dom die Riegel seines Koffers zuschnappen, hob ihn an und folgte seiner Vorgesetzten Klimt in deren Büro am Ende des Warenlagers. Der Raum erinnerte an ein vornehmes Wohnzimmer – Teppichboden, bequeme breite Sessel, Glastisch. Allerdings war das Bücherregal mit Ordnern und Katalogen bestückt und ein Schreibtisch stand neben den Fenstern. Dennoch legte seine Chefin Wert darauf, dass immer Ordnung herrschte und die Kunden sich hier während einer Verhandlung möglichst entspannt fühlten.

Sie bot ihm einen der Sessel an. Also hatte sie ihm etwas Ernsthaftes zu sagen. Dom lehnte dankend ab. Wenn er sich jetzt setzte, würde ihn das nur noch müder machen und er brauchte jeden Funken Konzentration, den er übrig hatte.

»Wie geht es Ihnen?«, erkundigte sich Klimt.

Dann hat es wohl Beschwerden gegeben. Jetzt sucht sie nach der Ursache.

Dom fuhr sich mit der Hand übers Gesicht, als könne er die Müdigkeit damit abstreifen. »Ich habe keine privaten Probleme, falls Sie das meinen. Auf dem Weg zu den Terminen kam es zu Komplikationen ...«

»Eine ganze Woche lang?«, fragte sie trocken.

»... und ich habe versucht, es auszugleichen, indem ich früher losgefahren bin. Wirklich.«

»Was für Komplikationen? Die Kunden berichten, Sie seien nicht nur verspätet, sondern auch schreckhaft und unkonzentriert gewesen, hätten manche Fragen von Ihnen gar nicht und andere erst beim dritten Mal beantwortet. Diese Art von Unprofessionalität können wir uns nicht leisten.«

»Das ist mir bewusst.«

»Und was wollen Sie unternehmen, damit es sich nicht wiederholt?«

Wieder und wieder sah Dom die kleinen Schädel vor sich. Wie er mit dem Stein darauf einschlug. Einmal, kräftig. »Ich tue bereits, was ich kann.« *Krampfende kleine Körper auf dem Schotter.* Diese wachsende schwarze Leere in ihm, mit jedem einzelnen von ihnen. »Aber es liegt nicht an mir.«

»Nicht an *Ihnen*?« Sie hob skeptisch die Brauen. »Ist ihr Transportmittel defekt?«

»Die Landwirte bringen einen neuen Bekämpfungszauber gegen Nager auf den Feldern aus. In der Gegend, in der ich diese Woche war, haben sie damit angefangen, aber es wird demnächst flächendeckend eingesetzt.«

Erneut hatte er Matthis' Stimme im Ohr. *Im ganzen Land, Dom. Selbst, wenn wir dreimal, ach was, zehnmal so viele Wildhüter hätten, würden wir es niemals schaffen, die Nager alle früher zu erlösen. Und es sind immer noch Mäuse und Ratten. Sie stehen auf unserer Prioritätenliste leider weit unten. Wir haben auch so jeden Tag genug Katzen, die von Bäumen, oder Entenküken, die aus Gullys gerettet werden müssen.*

»Dieser Zauber ...«, setzte Dom an, »die Tiere sterben langsam und qualvoll. Vor meinen Augen, auf der Straße. Ich *kann* nicht an ihnen vorbeifahren, verstehen Sie? Ich muss ihnen helfen. Meine beiden Kollegen sollten das ebenfalls. Wenn sich unsere Produkte an Tierliebhaber richten, sollte es unsere Pflicht sein, dementsprechend zu handeln.«

»Ich habe von dem Mittel gehört.« Seine Chefin musterte ihn. Dann nickte sie knapp. »Ich werde Sie vorübergehend von der Arbeit suspendieren. Jemand anderes wird Ihre Aufträge übernehmen.«

»Was?«

»Nur ein, zwei Wochen. Bis sich die Lage in Ihrem Gebiet beruhigt hat und Sie wieder in der Lage sind, pünktlich zu Ihren Terminen zu erscheinen.«

»Aber –« Dom brach ab. Es gab kein Argument, das er hätte anführen können. Seine Chefin traf die aus ihrer Sicht vernünftigste Entscheidung. Wenn es sich nur nicht so nach einer Bestrafung angefühlt hätte.

In seinem Augenwinkel sah er einen Schatten unter den Fenstern entlanghuschen. Sein übermüdeter Verstand geriet kurz ins Stolpern, Gänsehaut setzte sich in seinen Nacken. Er blinzelte, doch diesmal verschwand die Erscheinung nicht. Die Ratte visierte den Schreibtisch an, kletterte behände an ihm hoch und schnupperte an der Kaffeetasse, die darauf stand.

Dom zwang sich, weg- und Klimt anzusehen. Er musste dringend schlafen.

»Es könnte auch andere Tiere treffen«, fügte Dom mit Nachdruck hinzu. »Wenn sie die sterbenden Ratten und Mäuse fressen, dann könnte der Zauber auch andere töten. Es könnte *Haustiere* treffen. Das Geschäft würde zusammenbrechen.«

»Ich weiß«, meinte seine Chefin mit ernster Miene. »Aber das ist eine Sache zwischen Politikern, Magieschulen und Landwirten. Ich kann da nichts tun.«

Dom goss sich den zweiten Kaffee ein und versuchte, die Augen offen zu halten.

Die Nacht war mies gewesen. Ständig war er aufgeschreckt, weil ihm Mäuse und Ratten ins Bett geklettert waren. Auch jetzt sah er sie noch. Wie sie aufgeregt um seine Füße herumwuselten, als wären sie eine Horde Hühner. Manche von ihnen hangelten sich an seiner Hose hinauf – gewichtslos natürlich, denn sie sahen zwar täuschend nach lebenden Ratten aus, waren aber nicht da – und untersuchten Butter und Marmelade auf dem Frühstückstisch. Eine besonders vorwitzige Ratte biss sogar in seine Brotscheibe und zog sie von seinem Teller quer über den Tisch davon. Dom fluchte und holte sich sein Brot zurück, das Tier ließ sich einfach mitzerren, unwillig seine Beute aufzugeben.

»Nun ist aber genug!«, knurrte Dom und schlug mit der Hand auf den Tisch.

Die Nager zuckten unisono zusammen und gut die Hälfte flitzte panisch davon in das nächstgelegene Versteck. Die anderen verharrten versteinert mit alarmiert aufgestellten Ohren.

Er hätte vermutlich ebenso ängstlich sein müssen. Wie viel davon war echt? Wie viel bildete sich sein übermüdetes Hirn nur ein? Und spielte es überhaupt eine Rolle? Vermutlich würde er sie erst loswerden, wenn dieser Albtraum auf den Feldern endlich ein Ende fand.

Er zog seinen Fernkommunikator heran und versuchte, sich zum Ministerium durchzuschlagen. Nach einer Viertelstunde in Warteschleifen erklärte ihm ein freundlicher Assistent, dass er »die Sache auch unangenehm« fände, es sich aber »leider nicht ändern« ließe.

Frustriert beendete Dom das Gespräch, trank seinen Kaffee und starrte seinen Kommunikator an. Eine der Feldmäuse beschnupperte ihn interessiert.

Aber er war noch nicht bereit aufzugeben. Entschlossen griff Dom erneut zum Gerät und probierte es beim Naturschutzbündnis.

»Tatsächlich gehen wir schon seit Monaten dagegen vor – seit sich abgezeichnet hat, dass solch eine Genehmigung erteilt werden könnte«, meinte die Frau am anderen Ende mit kratziger Stimme. »Sie können gerne eine Unterschrift unter unsere aktuelle Petition setzen, Sie wären dann Nummer Zweitausendfünfundvierzig von den benötigten Fünfzigtausend. Und wenn Sie sich für unseren Neuigkeitenbrief anmelden, dann erhalten Sie regelmäßig den Bericht.«

»Ja, schicken Sie mir den.« Dann würde er wenigstens erfahren, wie es *nicht* voran ging.

»Wollen Sie auch gleich noch die Petition gegen das Bienensterben unterschreiben?«

Dom vergrub das Gesicht in der freien Hand. »Natürlich.«

Danach fühlte er sich noch ausgehöhlter als zuvor, auch das Brot änderte daran nichts. Wenn er Geld hätte, dann könnte er wenigstens die zuständigen Behörden bestechen. Oder wenn es eine andere Motivation gegeben hätte als nur das Sterben von Nagern. Vielleicht sollte er geradezu darauf hoffen, dass es möglichst bald Haustiere erwischte, damit vielleicht irgendwo noch das Ausbringen verhindert werden konnte. Was für miese Verhältnisse.

Dom erhob sich, streifte die Jacke über, dann schnappte er sich seinen Wohnungs- und Kraftradschlüssel. Er war vom Dienst suspendiert. Das hieß, er hatte den ganzen Tag, um die armen Viecher zu erlösen.

Als er die Wohnung verließ, folgte ihm die Horde an Nagern hinaus in den Flur. Auch als er die Tür längst hinter sich zugezogen hatte, kamen sie noch durch das Holz hindurch hinterher. Dom war zu müde, um sich auch darüber noch Sorgen zu machen.

Der Mäusebussard zappelte nur noch schwach, den Schnabel aufgerissen, als würde er lautlos um Hilfe schreien. Sein ehemals weiß-braun-gefleckter Hals war schlammig und verdreckt. Dom hielt ihn mit einer Hand flach auf den Boden gedrückt, mit der anderen führte er den Stein. Er hätte eine andere Methode gewählt, wenn es eine andere gegeben hätte. Aber er konnte die Tiere schlecht mit dem Kraftrad überfahren, wenn das ihr Leid potenziell erhöhte. Und ein Messer war noch viel blutiger und mühseliger als der Stein.

Beherzt, wiederholte er das Mantra in Gedanken.

Dabei spürte er sein Herz inzwischen gar nicht mehr. Irgendwo im Laufe des Tages war es taub und gefühllos geworden. An seiner Stelle saß nur noch die leere Schwärze, die sich immer weiter ausdehnte, mehr und mehr von seinem Inneren in Beschlag nahm. Er war ein tausendfacher Henker. Und er konnte nicht einmal ausblenden, was er getan hatte: Sie lagen in seinem Kraftrad-Beiwagen. Nach dem fünften Raubvogel – irgendwann, zwischen der zweiten und dritten Stunde Arbeit – war er dazu übergegangen, alle Körper einzusammeln, um sie später zu verbrennen. Wenn der Zauber nach dem Tod weiterhin wirkte, dann würde es nur noch mehr Opfer geben.

Er hob den leblosen Mäusebussard hoch, klappte das Verdeck des Beiwagens zur Seite und legte ihn obenauf. Wie lange würde das noch so weitergehen? Warum wurde die Aufgabe mehr, nicht weniger? Trugen die Landwirte es versetzt auf die Felder auf oder kamen einfach immer weitere Generationen nach? Und: Wie lange konnte er selbst das durchhalten?

Nicht mehr lange. Nicht so.

Er wurde allmählich vollkommen verrückt. Grimmig schubste er zwei tobende Ratten von dem Leichenberg herunter, um das Verdeck wieder zu schließen. Im Gegensatz zu ihm konnten die Nager die Berührung spüren, denn sie wichen, wenn möglich, davor zurück. Aber dieses Wissen machte das Gehen allmählich zu einer Herausforderung. Der Boden war kaum mehr als eine sich bewegende braune Masse, die lediglich große Lücken bildete, wo es einem Tier zu helfen galt.

Dom wünschte sich seine Wildhüter-Panflöte zurück. Falls diese Plagegeister sich auch in diesem Punkt wie normale Ratten verhielten, wäre sie ein mögliches Mittel gewesen, um sie zu vertreiben. Aber die Flöte hatte er ebenso wie seine Pistole abgegeben.

Aber Matthis nicht.

Dom zögerte. Doch wenn er sich nicht endgültig von seinem Verstand verabschieden wollte, musste er es auf einen Versuch ankommen lassen. Er würde nicht mehr viele Nächte ohne Schlaf durchhalten.

Außerdem war es ohnehin einerlei, ob er hier weitermachte, oder auf der Straße, die zu Matthis führte. Inzwischen sahen sie in Bezug auf die kleinen Leiber alle gleich aus.

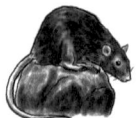

Dom warf einen Blick auf die Uhr, bevor er auf die Klingel drückte. Das schrille Geräusch aktivierte den magischen Spiegel in der Tür, mit Hilfe dessen der Eingangsbereich aus der Wohnung heraus beobachtet werden konnte. Wenn Matthis seine Gewohnheiten nicht geändert hatte, müsste er gerade erst aufgestanden sein, um sich auf die Nachtschicht vorzubereiten.

Tatsächlich hörte Dom Schritte, dann schwang sie auf. Matthis trug noch einen Bademantel, die eine Hälfte seines Gesichts war mit Rasierschaum bestrichen, die andere stoppelig und unverhüllt. Dom kannte niemanden, der in diesem

Aufzug die Tür geöffnet hätte, aber bei Matthis überraschte es ihn nicht.

»Du siehst so mies aus, wie ich mich fühle«, brummte Matthis und machte direkt wieder kehrt, verschwand den Flur entlang in Richtung Bad. »Kaffee ist grade durchgelaufen, bedien' dich.«

Dom zog die Tür hinter sich zu und streifte Jacke und Schuhe ab, während die Ratten um seine Füße wuselten. Angepinnte Fotos bedeckten die Wände des schmalen Flurs von oben bis unten, die meisten von Matthis zwei kleinen Töchtern, die bei seiner Ex-Frau lebten. Einige von der alten Jagdhündin Diva, die für gewöhnlich in ihrem Korb in der Küche vor sich hindöste, wenn Dom zu Besuch kam.

Doch statt Diva fand er diesmal den Korb vollgestapelt – mit Napf, Halsbändern, Spielzeug und Trockenfuttertüten. All ihr Besitz an einem Ort zusammengetragen, als würde sie demnächst verreisen.

Dom nahm zwei Tassen aus dem Schrank und goss sich und Matthis Kaffee ein. Eine Zeitlang war das ihre Routine gewesen: ein Kaffee zu zweit, dann beide los zu ihren Schichten in unterschiedlichen Abschnitten. Doch irgendwann war es Dom zu viel geworden, die Verantwortung, das Leid, das Töten und jetzt …

Die Ratten fluteten die gesamte Küche, untersuchten Divas Spielsachen und kletterten in eine offene Futtertüte hinein. Einige versuchten, sich an den Küchentüchern auf die Schränke zu ziehen und zerrten dabei eines herunter –, andere turnten bereits auf den obersten Brettern des Regals herum.

»Erzähl.« Matthis betrat die Küche, noch immer im Bademantel, aber vollständig rasiert. Er nahm sich eine der Tassen.

»Wurdest du schon mal von getöteten Tieren verfolgt?«

Matthis blinzelte und brauchte einen Moment, um zu antworten. »Du meinst … als Zombies?«

»Eher als Geister.«

»Hast du deswegen gekündigt?«

»Nein, das ist neu. Diese sterbenden Tiere …« Der Mäusebussard, der noch mühsam über den Boden robbte. Eine Ratte, deren Flanke sich heftig hob und senkte. Der blutige Stein in seiner Hand.

»Sie machen dich verrückt.«

Dom verzog den Mund. »Scheint so.«

»Ist aber auch eine echte Drecksarbeit im Moment«, bestätigte Matthis. »Jede freie Minute verbringe ich damit, den armen Viechern zu helfen. Aber viel Zeit ist das nicht, du kennst ja den Alltag.«

»Aber dich verfolgen sie nicht? Ich meine ... du hast keine solche Erscheinungen?«

Matthis hob die Schultern. »Vielleicht haben sie dir etwas zu sagen.«

Plötzlich wurde es unnatürlich still. Das Gewusel ringsum Dom verharrte, tausend kleine Köpfe in Matthis' Richtung gedreht, die Ohren gespitzt. Sie warteten.

»Ich ...«, begann Dom vorsichtig, ohne die Tiere und ihre Reaktion aus den Augen zu lassen, »ich wollte mir eigentlich deine Panflöte ausleihen.« Die Nager verharrten noch immer. »Vielleicht kann ich sie damit loswerden.« Das Durcheinander setzte wieder ein. »Erlösen?«, formulierte er es um. Doch anscheinend war es nicht das, was sie sich erhofft hatten.

»Diva ist daran gestorben«, meinte Matthis plötzlich, die Stimme rau.

»Was?«, entfuhr es Dom betroffen. »Wie hat sie ... Warum ...«

»Ich konnte sie nicht aufhalten, ich ...« Matthis presste zwei Finger gegen seinen Nasenrücken, atmete mehrfach hörbar ein- und aus, bevor er weiterreden konnte. »Sie ist – war – nun mal ein Jagdhund und ... Mir blieb nicht einmal Zeit, ihr zu helfen. Eine Hundeleber kann nicht so viel ab wie die von Ratten.«

Dom wusste nicht, was er sagen sollte. Vermutlich gab es auch nichts, was er sagen konnte. Nichts konnte Diva wieder lebendig machen.

Daher legte er Matthis nur schweigend eine Hand auf den Unterarm. Matthis umschloss sie mit seiner anderen Hand und drückte sie dankbar.

»Es verpestet das Land«, murmelte Dom. »Aber die Menschen ... sie müssen nun mal Herrscher sein.«

Früher, als Jugendlicher, hatte er geglaubt, es würde mit der Zeit besser werden. Die nachrückenden Generationen würden klüger sein. *Seine* Generation würde klüger sein. Aber es hatte sich nichts geändert: Sie alle wuchsen in die Fußstapfen von Leuten hinein, die vor ihnen dagewesen waren. Niemand änderte die Richtung, niemand dachte über das, was bereits da war, hinaus.

Dom runzelte die Stirn. »Man könnte sie mit der Flöte weglocken. Die Nagetiere. Dann bräuchte man keine Köder mehr und auch die anderen Tiere wären sicher.« Er stellte seine Tasse etwas zu laut ab, sodass ihn erneut zu viele kleine Augenpaare ansahen.

»Mit der Flöte keine einzelnen Tiere, sondern ein großes Gebiet zu bespielen, ist gegen die Richtlinien. Es ist gefährlich. Und wo willst du anschließend mit ihnen hin?«

»Sie bringen es nur auf Landwirtschaftsflächen aus. Der Wald im Süden könnte unbetroffen sein.«

»Bei der Menge an Tieren bricht dort innerhalb kürzester Zeit das Ökosystem zusammen.«

Dom scheuchte unauffällig eine Maus weg, die versuchte, in seine Tasse zu klettern. »Aber es würde uns Zeit verschaffen, eine Lösung zu finden. Hauptsache, sie sind erst einmal weg vom Bekämpfungszauber.«

»Wie willst du das durchhalten? Der Wald ist nicht ihr natürliches Habitat. Du dürftest nicht einmal aufhören zu spielen, sonst verlassen sie ihn wieder.«

»Was schlägst du also vor?«, fuhr Dom ihn an. »Nichts machen? Wie alle anderen?«

Matthis runzelte die Stirn. »Ich will dir wirklich helfen, Dom. Mindestens wegen Diva.«

»Verzeihung.« Dom fuhr sich über das Gesicht. »Diese Sache ...«

»Wenn wir etwas unternehmen, dann sollte es Hand und Fuß haben. Gerade wenn ich verbotenerweise dafür meine Dienstausrüstung dafür benutze. Ich kann mir nicht leisten, deswegen auch noch den Job zu verlieren, verstehst du?«

Dom presste die Lippen zusammen.

»Du siehst aus, als bräuchtest du dringend Schlaf. Vielleicht ist die Lösung mit wachem Kopf offensichtlich«, meinte Matthis, trank seinen Kaffee aus und stellte die Tasse ab. Mitten hinein in die Ratten, die panisch davonhasteten.

»Ich muss jetzt leider los«, fügte er an. »Ich frage die Kollegen nach weiteren Ideen, in Ordnung?« Beim Hinausgehen klopfte er Dom aufmunternd auf die Schulter und verschwand wieder im Bad.

Jeder Tag, der verstrich, jede *Stunde*, die verstrich, kostete weiteren Tieren das Leben. Ließ sie elendig zusammenbrechen und vor sich hin sterben. Warum sah denn niemand außer ihm, welches Ausmaß diese Katastrophe hatte?

Dom kehrte in den Flur zurück und nahm seine Jacke vom Haken. Daneben hing Matthis' Jacke, sie verbarg nur halb den Waffengurt inklusive der Wildhüter-Panflöte darunter. Dom zögerte nur eine Sekunde, dann ließ er das Instrument in seiner Tasche verschwinden. Matthis würde genau wissen, wer sie ihm entwendet hatte. Aber Dom hatte keine Wahl.

Teil III

Die Scheinwerfer des Kraftrads waren das Einzige, was die Nacht rings um Dom zurückhielt. Lediglich am Ende der Straße brannte in einem der Häuser am Feldrand noch Licht. Er musste hoffen, dass ihn dort drinnen niemand beim illegalen Gebrauch der Panflöte hörte. Andererseits war ihm vieles inzwischen einfach egal. Schon in seinem übermüdeten Zustand von seiner Wohnung hierher Kraftrad zu fahren, war ein nicht zu unterschätzendes Risiko gewesen. Vor seinen Augen verschwamm die Umgebung wiederholt und er musste mehrfach blinzeln. War das ein Flattern am Rande seines Sichtfeldes? Folgten die Vögel ihm jetzt auch?

Zwischen seinen Füßen wuselten allmählich solche Massen an Tieren, dass er kaum noch den Boden darunter ausmachen konnte. Sie liefen inzwischen sogar übereinander, um nur möglichst in seiner Nähe zu sein. Immerhin hatte das den zweifelhaften Vorteil, dass sie dadurch die Körper der anderen, noch im Sterben befindlichen Tiere verdeckten. Er hätte ihnen ohnehin nicht helfen können. Stattdessen versuchte er, die noch lebenden zu retten. Auch wenn er dafür nur einen ganz und gar zweifelhaften Plan hatte, es war besser als nichts.

Erschöpft schaltete er das Kraftrad aus und zog den Schlüssel ab. Es wurde dunkel ringsum. Dom holte die große Taschenlampe aus dem Beiwagen und aktivierte sie, beleuchtete erneut die Geisterleiber um ihn herum. Mit der anderen Hand tastete er nach der Schnur um seinen Hals, brauchte jedoch mehrere Versuche, um sie zu fassen zu kriegen. Seine Konzentration war wirklich am Ende. Hauptsache er bekam wenigstens den nächsten Teil hin.

Düster hob er das zierliche Instrument daran an seine Lippen und blies hinein, spielte eine Melodie, die er selbst nicht hören konnte, weil die Töne zu hoch für sein Gehör und allein für die Nagetiere bestimmt waren. Die Ratten zu seinen Füßen wurden geradezu unheimlich ruhig. Als würden sie ihm lauschen. Dabei konnte er nicht überprüfen, ob er die Töne richtig spielte, er konnte sich nur an das halten, was er in der Ausbildung gelernt hatte. Mehrere Strophen schickte er hinaus in die Nacht. Dann setzte er die Flöte ab und wartete.

Zunächst glaubte er, sich die Veränderung einzubilden. Er schlief ohnehin fast im Stehen. Aber irgendwann ließen sich die Unterschiede nicht mehr leugnen. Die, die sich scheu an den Ausläufern des Lichts herumdrückten, waren neu. Real. Sie kamen langsamer als Dom erwartet hatte, doch das bestätigte nur die enorme Reichweite der Magie, mit der er die Tiere anlockte.

Es funktionierte tatsächlich. Zum ersten Mal seit Tagen

fühlte Dom so etwas wie Hoffnung, wie sich die dunkle Leere in ihm mit einem schwachen Funken füllte.

Dom blinzelte mühsam, weil er Probleme hatte, die Umrisse scharf zu stellen. Dann wiederholte er eine Strophe und machte sich langsam, vorsichtig – ohne auf die noch immer ungewohnt ruhigen Geisterratten zwischen seinen Füßen zu treten – auf den Weg, die Straße hinab. Nach einigen Metern warf er einen Blick über die Schulter.

Ja, die Echten folgten ihm. Zögerlich und mit Abstand, aber sie taten es.

Zufrieden wandte sich Dom wieder nach vorn – stockte und setzte die Flöte ab. Er sah noch mal zurück.

Es waren nicht nur kleine Gestalten, die ihm folgten. In der Ferne konnte er noch andere Umrisse ausmachen. Große, schlanke. Gelähmt wartete Dom ab, bis die ersten von ihnen in die Reichweite seiner Taschenlampe traten.

Kinder.

Sie sprachen nicht miteinander. Sie folgten lediglich konzentriert dem Zauber der Panflöte, die meisten in Schlafsachen, von den Klängen direkt aus ihren Betten geholt. Dom lief es kalt den Rücken hinunter. Er kniff sich selbst in den Arm, um sich wach zu machen, aber das Bild verschwand nicht. Das konnte doch nicht … Das durfte nicht …

Doch, natürlich war es möglich. Das Gehör von Kindern konnte höhere Töne wahrnehmen als das von Erwachsenen. Und anscheinend war die Melodie auch für sie anziehend. Wie paralysiert sah Dom die dutzend Kinder an, wie sie dort mit nackten Füßen vor ihm standen und warteten. Darauf, dass er weiterspielte und sie mitnahm. Oder die Aktion aufgab und sie entließ. Ebenso wie die Ratten und Mäuse, die still zwischen den Gräsern am Straßenrand ausharrten.

Plötzlich begriff er, dass das hier die Lösung war. Die *Kinder* waren die Lösung. Nicht, weil sie die Zukunft änderten, sondern weil sie das ultimative Druckmittel waren. Er würde sie hier wegbringen. Um sie vor den Auswirkungen des Giftes zu schützen. Aber auch, damit die Behörden ihm zuhörten. Jetzt würden sie es tun müssen.

Eine nach der anderen lösten sich die Mäuse und Ratten zu seinen Füßen auf. Zögernd hob Dom die Flöte wieder an die Lippen, spielte und ging weiter in die Nacht hinein, die lebenden Tiere und die Kinder im Schlepptau.

Auch in Deutschland werden regelmäßig Feldmausplagen mit Gift bekämpft, so zum Beispiel im Jahr 2020. Dafür werden unter anderem Blutgerinnungshemmer eingesetzt, bei denen die Tiere langsam innerlich verbluten. Auch Greifvögel, die vergiftete Mäuse fressen, sind dadurch gefährdet.

Laut §4 des Tierschutzgesetzes ist die Tötung eines Wirbeltieres ohne Betäubung im Fall von Schädlingsbekämpfungen erlaubt, »wenn hierbei nicht mehr als unvermeidbare Schmerzen entstehen«.

Über den Umgang mit Futtergebern

TIPPS & TRICKS FÜR MENSCHENFREUND:INNEN
UND SOLCHE, DIE ES WERDEN WOLLEN

Wer kennt das nicht: Der Magen knurrt, man müsste sich aus der lauschigen Höhle quälen, um auf die Jagd zu gehen, aber so wirklich Lust hat man nicht – denn selbst wenn, gäbe es doch nur wieder zähen Feldhasen oder mageres Reh. Viel lieber hätte man aber mal saftiges japanisches Rind, doch dafür fehlen die Beziehungen und das Gold. Was also tun?

Heutzutage entscheiden sich immer mehr Drach:innen für die einfachste Lösung: Sie suchen sich einen Menschen als Futtergeber. Diese kleine, zweibeinige Spezies, die nicht gerade für ihre Intelligenz bekannt ist, hat sich in den letzten Jahren zunehmend als Nahrungsquelle der anderen Art etabliert. Mit ein bisschen Zeit, Geduld und Feingefühl kann man sie problemlos darauf trainieren, sich nicht nur um einen trockenen Schlafplatz, sondern auch eine abwechslungsreiche Speisekarte und gründliche Schuppenpflege zu bemühen. Wir schildern hier einige praktische Tipps und Tricks und welche Regeln di:er pragmatische Drach:in dabei unbedingt beachten sollte.

WARUM MENSCHEN?

Menschen sind von Natur aus unterwürfig und treu. In ihrem Verhalten ist es fest verankert, dass sie sich um andere Lebewesen kümmern, sie mit Nahrung und einem Unterschlupf versorgen, sobald sie sich häufiger in ihrer Nähe aufhalten. Dazu zählen nicht nur größere Organismen wie wir Drach:innen, sondern auch geradezu unscheinbare wie Hunde oder Mäuse. Tatsächlich gibt es sogar Menschen, die ihre Höhle über und über mit Pflanzen bevölkert haben. Und andere, die sogar Pilze und Bakterien in kleinen Schalen aufbewahren, regelmäßig füttern und ihnen ein optimales Wachstumsklima bieten.

Darüber hinaus stehen Menschen über ein noch nicht vollständig entschlüsseltes Kommunikationssystem weltweit miteinander in Kontakt und können dadurch innerhalb von wenigen Stunden selbst aus den entlegensten Winkeln die schmackhafteste Nahrung beschaffen. (Wenn Sie das nicht glauben, dann probieren Sie es selbst aus: Es stimmt!)

AUSWAHL

Wenn Sie sich einmal dafür entschieden haben, sich einen Futtergeber zuzulegen, sollten Sie die Dinge nicht überstürzen. Die richtige Wahl des Futtergebers ist entscheidend und ein voreilig getroffener Beschluss kann häufig nicht so leicht wieder rückgängig gemacht werden. (Menschen sind eifersüchtige Tiere. War einer von ihnen einmal Futtergeber, so wird er seine Ersetzung nicht einfach akzeptieren. Im harmlosesten Fall kommt es nur zu Störungen im Sozialgefüge, im schlimmsten jedoch müssen Sie damit rechnen, dass Ihr neuer Futtergeber ernsthaft verletzt wird und Ihre Nahrungsversorgung plötzlich für unbestimmte Zeit ausfällt.)

Beobachten Sie daher noch vor einer ersten Annäherung Ihren potentiellen Futtergeber sorgfältig. Wählen Sie nur ein Exemplar, das möglichst jung, reinlich und wohlhabend ist. Letzteres ist häufig am Schwierigsten zu erkennen; Tadellosigkeit des Fellersatzes, der Fortbewegungsmaschinen und – für den unwahrscheinlichen Fall, dass Sie so nahe kommen sollten – des Gebisses können jedoch einen guten ersten Eindruck vermitteln. (Achtung: Gold im Mund eines Menschen ist ein Hinweis für ersetzte Zähne, nicht für übermäßigen Reichtum.)

Des Weiteren gilt es zu entscheiden: Weibchen oder Männchen[1]. Die Geschlechtsbestimmung bei Menschen stellt sich leider immer wieder als sehr schwierig heraus, da sie im Gegensatz zu Drach:innen kaum erkennbare äußere Geschlechtsmerkmale besitzen. Eine gute Faustregel, um das Geschlecht herauszufinden, ist ihre Art der Reviermarkierung. Während Weibchen diese ausschließlich im Sitzen vornehmen, bevorzugen Männchen häufig die aufrechte Körperhaltung. Allerdings sollten Sie Ihren Menschen nicht merken lassen, wenn Sie ihn bei der Reviermarkierung beobachten. Im Gegensatz zu jeder anderen bekannten Tierart sind sie in diesem Aspekt aus bisher noch ungeklärten Gründen scheu.

Wenn Sie sich für ein Weibchen entscheiden, sollten Sie sich darüber im Klaren sein, dass es zu zyklusabhängigen Aufmerksamkeitsschwankungen kommen kann. Männchen wiederum neigen zu Unzuverlässigkeit in der Versorgung ihrer Drach:innen, wenn sie sich gerade auf Partnersuche befinden.

ERSTER KONTAKT

Wurde der Mensch ausgewählt, so gilt es, ihn anzuwerben. Hierfür empfiehlt es sich NICHT, direkt vor dem anvisierten Ernährer zu landen. Menschen sind schreckhaft und können sich in ihrer Angst selbst verletzen. Landen Sie daher in einigen hundert Metern Entfernung und beobachten Sie zunächst, was geschieht. Gestatten Sie Ihrem Menschen, wegzulaufen und setzen Sie ihm nicht hinterher. Stattdessen versuchen Sie es einfach an einem anderen Tag erneut. Kommt er

---

[1]Diese binäre Unterscheidung bei den Menschen basiert auf dem Kenntnisstand der drachigen Autor:innen dieses Artikels und entspricht nicht den tatsächlichen Gegebenheiten. Menschen sind wesentlich vielfältiger und lassen sich nicht nur auf zwei Geschlechter reduzieren. [Anmerkung der Redaktion]

auf Sie zu, ist das ein gutes Zeichen. Dann dürfen auch Sie sich ihm (langsam!) nähern. Rührt er sich nicht, so machen Sie den ersten Schritt und beobachten Sie, ob das eine Reaktion hervorruft. Auf diese Weise können Sie sich stückchenweise nähern. Wenn der Mensch Ihnen eine Hand auf die Schuppen legt, haben Sie es geschafft: Dies entspricht unter Menschen einer Begrüßung. Verweilen Sie in seiner Nähe und kehren Sie am nächsten Tag wieder. Auf diese Weise können Sie das Vertrauen aufbauen. Irgendwann wird er von allein anfangen, Ihnen etwas zu essen zu bringen und/oder einen gemütlichen Schlafplatz anzubieten.

Wichtige allgemeine Verhaltensregeln

Gerade bei der ersten Begegnung ist es wichtig, dass Sie nicht lächeln. Das Entblößen Ihrer beeindruckenden Fangzähne wird von einem Menschen nicht als Freundlichkeit, sondern als Drohgebärde interpretiert. (Achtung: Der Umkehrschluss, das menschliche Entblößen der Zähne, sei ebenfalls eine Drohgebärde ist nicht zulässig, sondern entspricht wie bei uns einem Lächeln. Mehr dazu auch unten im Abschnitt »Das menschliche Verhalten«.)

Achten Sie zudem vor allem beim Erstkontakt auf Ihre Wertsachen. Obwohl die meisten Menschen, wie bereits erwähnt, unterwürfig und harmlos sind, wird immer wieder von Fällen der Kleptomanie berichtet. Für eine reibungsfreie Interaktion empfiehlt sich daher, glitzernde Gegenstände vor dem Besuch beim Menschen abzulegen. Falls Sie partout nicht darauf verzichten wollen oder können, empfehlen wir Ihnen vorher den Abschluss einer entsprechenden Versicherung.

Schnappen Sie nie nach einem Menschen, weder im Ernst, noch im Spiel. Menschen sind sehr zerbrechlich und noch dazu mit verminderten Reflexen ausgestattet. Sie werden daher nicht rechtzeitig den Arm wegziehen können und dann haben Sie einen verletzten Menschen und ein Verfahren nach §1 des

MenSchG² am Hals.

Ebenfalls zu vermeiden ist Niesen oder Husten in Richtung Ihres Menschen. Wie alle Säugetiere sind auch Menschen äußerst wärmeempfindlich und schon ein kleiner beheizter Luftstoß kann schwerwiegende Verletzungen oder gar den Tod des Zweibeiners zur Folge haben. (Unfälle dieser Art werden zwar nach dem MenSchG nicht geahndet, aber es wäre doch schade um Ihre wochenlange Arbeit.)

Mit der Zeit wird Ihr Mensch seine Scheu ablegen und früher oder später auf die Idee kommen, Sie reiten zu wollen. Es liegt dann in Ihrem Ermessen, ob Sie diesem Wunsch nachgeben oder nicht. Sollten Sie es ausprobieren, ist es wichtig, dass Sie nicht vergessen, dass Sie ihn auf dem Rücken haben. Fliegen Sie AUF KEINEN FALL los. Immer wieder berichten die Zeitungen von tragischen Unfällen, bei denen Menschen zu Tode stürzten, da sie nicht in der Lage waren, sich richtig festzuhalten. (Diejenigen, die versucht sein sollten, daraus einen Sport zu machen, seien an dieser Stelle darauf hingewiesen, dass diese mutwillig in Kauf genommenen Verletzungen durch das Amt für Interspezifische Beziehungen verfolgt werden und mit Goldstrafen mit bis zu 100 g geahndet werden.)

TRAINING

Wenn Ihr Mensch Ihnen das erste Mal Nahrung anbietet, die Sie nicht mögen, lehnen Sie sie nicht ab. Andernfalls wird er Ihr Verhalten falsch interpretieren und glauben, dass Sie – so absurd das klingt – zu verängstigt seien, um Nahrung (oder anderes) von ihm anzunehmen. Erst nachdem Sie ihm Ihre Bereitschaft einmal signalisiert haben, können Sie beginnen,

---

² »Zweck dieses Gesetzes ist es, aus der Verantwortung der Drachenheit heraus das Leben und Wohlbefinden des Menschen als Mitgeschöpf zu schützen. Niemand darf einem Menschen ohne vernünftigen Grund Schmerzen, Leiden oder Schäden zufügen« (§1 des Menschenschutzgesetzes (MenSchG)). Zudem darf einen Menschen nur töten, »wer die dazu notwendigen Kenntnisse und Fähigkeiten hat«, und auch nur »unter wirksamer Schmerzausschaltung (Betäubung)« (§4 Absatz 1 des MenSchG).

Ihren Menschen zu trainieren. Bringen Sie ihm langsam, Schritt für Schritt bei, dass Sie keine splitternden Hühnerknochen wollen, und Schafe nur frisch geschoren essen, da schließlich niemand von uns die Wolle zwischen den Zähnen haben will. Er wird lernen, Ihnen eine Auswahl anzubieten und sich merken, welche Nahrung Sie verzehrt haben und welche unberührt blieb. Tipp: Bei Ihnen unbekannten Nahrungsangeboten sollten Sie Ihrem Urteilsvermögen vertrauen: Dinge, die ungesund aussehen oder riechen, sind in der Regel auch unbekömmlich, auch wenn Menschen das oft nicht zu erkennen scheinen. So ist uns beispielsweise in Europa der Konsum von verdorbenem Fisch und verschimmeltem Käse, in Asien wiederum der Verzehr von vergorenen Maden bekannt.

Um die Schuppenpflege durch Ihren Menschen zu initiieren, ist es empfehlenswert, sich einmal richtig im Dreck zu wälzen oder anderweitig für gründliche Verschmutzung zu sorgen. Solange Sie sich vorher im tadellosen Zustand vor Ihrem Mensch präsentiert haben, wird Ihr Aussehen den natürlichen Putztrieb des Zweibeiners aktivieren. Menschen scheinen eine ausgeprägte Freude bei der Schuppenpflege zu empfinden und Sie werden feststellen, dass seine Arbeit gründlicher ist als jedes Flussbad mit anschließender Pickervogel-Kontrolle. (Uns ist bewusst, dass das vorangehende ausgiebige Verunreinigen gegen die Prinzipien einiger Drach:innen verstoßen mag. Diese Technik hat sich jedoch als äußerst effektiv herausgestellt. Genaugenommen wurde bislang von keinem Fall berichtet, bei dem sie fehlgeschlagen ist – vorausgesetzt natürlich, es wurde zuvor eine ausreichende Vertraulichkeit zum Futtergeber aufgebaut.)

DAS MENSCHLICHE VERHALTEN

Menschen sind hochsoziale Tiere und als solche haben sie komplexe Kommunikationsstrategien untereinander entwickelt. Hiermit ist jedoch nicht nur Sprache und Schrift gemeint, sondern auch die körperliche Interaktion. Beobachten Sie einmal die Gesichtszüge eines Menschen. Ähnlich zu anderen Säugetieren spiegelt alles, was da zuckt, sich hebt, senkt und verzerrt, die emotionale Verfassung des Menschen wider. Wie im Handbuch der »Human Grimace Scale« von Stachelbuckel et al. (2013) näher beschrieben, erfordert die Interpretation der einzelnen Zustände ein geschultes Auge und ist nicht immer eindeutig. Hier ein paar Beispiele:

Auszug aus der »Human Grimace Scale« von Stachelbuckel et al. (2013). Die Körperhaltung des Individuums ist hierbei nicht berücksichtigt.

Mundwinkel nach unten gebogen	Ich mag das nicht.
Mundwinkel nach unten gebogen, Augenbrauen zusammengezogen, Augen zusammengekniffen	Das tut weh.
Mundwinkel nach unten gebogen, Augenbrauen zusammengezogen, Augen zusammengekniffen und ein durchdringendes Jaulen	Das tut verdammt weh.
Augen zusammengekniffen und ein durchdringendes Jaulen	Mir geht es gut, ich finde das lustig.

Um Missverständnisse zu vermeiden, empfehlen wir daher dem Laien, die Mimik (und auch Lautäußerung) weitestgehend zu ignorieren. Im Zweifel und bei besonderem Interesse kann ein:e Expert:in z.B. des Grendl-Instituts hinzugezogen werden (Kontaktdaten siehe unten).

URLAUB

Ein häufig diskutiertes Thema unter Menschenfreund:innen betrifft auch die Urlaubsplanung, weswegen wir es hier nicht ausklammern wollen. Häufig wird die Meinung vertreten, dass Menschen schon nach kurzer Zeit auf ihre:n Drach:in angewiesen sind und bei längerer Abwesenheit Langeweile-symptome (regungsloses Starren auf flackernde, an der Wand angebrachte Flächen) und sogar Stereotypien (z.B. häufiges Laufen zum Eingang ihrer Höhle, um eine mögliche Rückkehr zu überprüfen) entwickeln. Dies ist laut den jüngsten Studien (Saphir et al. 2017, Hornschwanz et al. 2017) jedoch nicht der Fall. Auch nach mehreren Jahrzehnten der Domestikation sind Menschen noch größtenteils Wildtiere und finden sich danach schnell wieder eigenständig zurecht. Selbst in den vereinzelten Fällen von Langeweile und Stereotypien verschwinden diese mit der Rückkehr der:s Drach:in. Das vorübergehende Zurück-lassen Ihres Menschen kann sogar einen vorteilhaften Neben-effekt haben: In 84% der Fälle zeigen sich die Zweibeiner nach einer mehrwöchigen Abwesenheit sogar besonders aufmerk-sam und futtergiebig.

ZUM SCHLUSS

Die Anschaffung eines Futtergebers soll stets gut überlegt sein. Sie erfolgt bei genauerem Hinsehen nicht ohne Hür-den und ist mit nicht zu unterschätzendem Einsatz von Zeit und Einfühlungsvermögen verbunden. (Im Übrigen raten wir dringend davon ab, einen Futtergeber zu verschenken oder gar mit Freund:innen zu tauschen, beides kann zu schwerwie-genden Schäden des emotionalen Status des Menschen füh-ren.[3]) Nach dieser Anfangsinvestition ist ein Mensch jedoch grundsätzlich pflegeleicht und sehr profitabel. Sie werden fest-stellen, dass sich durch die Beschäftigung mit den Zweibei-nern Ihr Horizont erweitert, und Sie auf keiner Party mehr um unterhaltsame Geschichten über die drolligen Verhaltens-weisen Ihres Futtergebers verlegen sein werden.

---

[3] Tatsächlich ist es sogar verboten, »einen Menschen als Preis oder Beloh-nung bei einem Wettbewerb, einer Verlosung, einem Preisausschreiben oder einer ähnlichen Veranstaltung auszuloben«. (MenSchG §3 Satz 12)

In diesem Sinne: Vielen Dank für Ihre Aufmerksamkeit,
Ihr Flugblatt-Team

Kontakt Grendl-Institut
Persönlich oder per Kurier:
  Beratungsstelle für menschliche Angelegenheiten
  Grendl-Institut
  Gang 2, Höhle 27
  Drachenfels
Sprechzeiten per Infraschall:
  jeden Dienstag 17:00 – 18:00 Uhr

In eigener Sache

Haben Sie selbst bereits eigene Erfahrungen auf diesem
Gebiet gesammelt oder kennen Sie andere Drach:innen, auf
die das zutrifft? Was sind Ihre Gedanken zu diesem Thema?
In unserer Redaktion sind es zur Zeit zwei Kolleg:innen, die
sich einen Futtergeber halten und diesen Artikel maßgeb-
lich mitgestaltet haben. (Ein dritter Kollege hat sich kurz
vor Erscheinen des Termins beim Landen versehentlich auf
seinen Futtergeber gesetzt und kann daher leider nicht
mehr dazugezählt werden.) Wenn Sie selbst ein:e Menschen-
freund:in sind oder nach der Lektüre mit dem Gedanken
spielen, eine:r zu werden, scheuen Sie bitte nicht vor Kom-
mentaren zurück. Sollten wir auf große Resonanz treffen,
ist die Redaktion nicht abgeneigt, eine mehrteilige, detail-
liertere Serie zu diesem Trend-Thema herauszubringen.

Für meine Oma

*Auch wenn ich dir diese Geschichte niemals in die Hand drücken
werde und du sie niemals liest; auch wenn du mit Fantasy-
Geschichten nicht viel anfangen kannst: Diese hier ist so wahr, wie
ich sie schreiben konnte. Ich hoffe, sie ist nicht zu ehrlich geworden –
und falls doch, dass du mir verzeihst.*

Ich bin auf der BuchBerlin und es prickelt in meinem ganzen
Körper. Als ich vor zwei Jahren das erste Mal hier war,
fühlte ich mich überfordert und verloren zwischen so vielen
Aussteller:innen und Besucher:innen – obwohl das hier noch
eine kleine Buchmesse ist, verglichen mit der Leipziger oder der
Frankfurter. Aber wenn ich jetzt durch die Tischreihen gehe,
dann treffe ich Leute wieder, strahle von einem Ohr zum anderen, bis mir die Wangen wehtun und rede so viel, dass mein
Verstand manchmal nicht hinterherkommt. Das zeigt, dass sich
etwas getan hat, in den letzten zwei Jahren. Auch wenn ich keinen Roman veröffentlicht habe, auch wenn es »nur« Kurzgeschichten sind.

»Eure Anthologie ist für den Deutschen Phantastik Preis
nominiert, richtig?«, fragt eine Freundin.

»Ja, ich kann es immer noch nicht glauben«, antworte ich und mein Selbstbewusstsein macht einen kleinen Satz. Es ist so unglaublich, dass meine Geschichte Teil dieser Anthologie ist, dass sie anscheinend zu diesen anderen großartigen Geschichten passt.

»Dann drücke ich mal ganz fest die Daumen«, verspricht sie und wir verabschieden uns, weil ich mit den anderen Autor:innen der Anthologie verabredet bin. Wir wollen gemeinsam zur Preisverleihung gehen. Ich bin doppelt aufgeregt, dreifach vielleicht sogar. Zum Ersten, weil ich die anderen Autor:innen bisher auch nur durch ihre Geschichten kenne. Zum Zweiten, weil ich das erste Mal überhaupt an so einer Preisverleihung teilnehme. Zum Dritten – die Anthologie ist nominiert, verdammt! Ist das zu fassen?

Die Verleihung selber vergeht nicht schnell genug und doch gleichzeitig zu schnell. Wir suchen uns Plätze, wir quatschen. Jemand tritt auf die Bühne, das Mikro quietscht, alle zucken zusammen und es wird still. Die einzelnen Kategorien werden verlesen, die Nominierten vorgestellt, dann wird verkündet, wer beim Voting gewonnen hat. Es gibt kurze Dankesreden, mal witzig, mal trocken. Das Mikro quietscht. Ich kann es kaum erwarten, dass unsere Kategorie kommt – und doch will ich den Moment noch etwas auskosten. Will das Gefühl der Vorfreude nicht verlieren, das Prickeln der Möglichkeit, es könnte ja, was, wenn vielleicht –

Unsere Kategorie wird verlesen: Beste deutschsprachige Anthologie. Der Name unserer Anthologie wird unter den Nominierten genannt. Und dann noch einmal. Wir haben gewonnen. Wir. Haben. Gewonnen.

Wir sind so viele, dass wir nicht richtig auf die Bühne passen. Jeder soll ein paar Worte sagen. Ich auch. Natürlich quietscht das Mikro. Aber es ist egal, ich habe ohnehin keine Ahnung, was ich von mir gebe, ich bin einfach nur happy. Es werden Fotos gemacht, alle Preisträger zusammen, und es ist surreal, weil so viele Kameras auf uns gehalten werden, als wären wir Stars. Dabei habe ich nur eine Geschichte geschrieben und nicht sie, sondern das Gesamtwerk der Anthologie wurde prämiert.

Doch das ist egal. Es fühlt sich trotzdem großartig an. Absurd. Fantastisch.

In dem ganzen aufgeregten Chaos zwischen den anderen Autor:innen spüre ich das Handy in meiner Hosentasche vibrieren und ziehe es heraus. Eigentlich will ich jetzt nicht den Anruf annehmen. Andererseits sehe ich, dass es mein Vater ist, der anruft, und irgendwie finde ich es passend, so kann ich ihm direkt die Neuigkeit mitteilen.

»Hallo«, sage ich und möchte am liebsten sofort mit allem herausplatzen, kann mich nur mit Mühe dazu bringen, wenigstens etwas höflich zu sein und zu warten. Schließlich hat er ja vermutlich einen Grund anzurufen.

»Ich hab schon mehrmals versucht, dich zu erreichen. Oma ist im Krankenhaus. Sie hatte anscheinend einen Schlaganfall.«

Und damit ist sie weg, die Euphorie, einfach so.

Der zweite Tag der BuchBerlin fühlt sich an wie ein Schauspiel. Ich bin da, ich nehme teil, aber ich habe meinen Text vergessen. Immer wieder werde ich beglückwünscht, immer wieder bedanke ich mich, lächele – und es ist tatsächlich ein ernstgemeintes Lächeln, denn ich bin wirklich dankbar für die Gratulationen. Aber der Preis an sich hat die Bedeutung verloren, das alles hier – die Buchwelt, meine Traumwelt – hat seine Bedeutung verloren.

Ich kann nicht zu meiner Oma, denn sie wohnt zu weit weg, spontan hinfahren ist unmöglich. Außerdem sind jetzt alle bei ihr, ihr Mann und alle fünf Kinder, und ich bin nur eine Enkelin, mich trifft es nur zweitrangig. Ich will mich nicht dazwischen drängen. Stattdessen bin ich genau da, wo ich gestern war, und frage mich, was es eigentlich wert ist, dieses Hobby, diese heimliche Leidenschaft von mir. Es fühlt sich plötzlich an wie ein Selbstbetrug. Wie kann es sein, dass ich die Personen in meinen Geschichten besser kenne als die realen Menschen um mich herum – besser als meine Oma? Wie kann es sein, dass ich die Zeit dafür finde, Geschichte nach Geschichte zu schreiben – aber nicht dafür, meine Oma zu besuchen?

Es ist das erste Mal, dass ich eine Buchmesse nicht bis zur letzten Minute auskoste, die mir zur Verfügung steht. Ich breche nach ein paar Stunden ab.

Omas Zustand verbessert sich. Sie wird in eine Reha-Klinik verlegt, die in unmittelbarer Nähe liegt. Ich schmiede Pläne, sie dort am Wochenende zu besuchen. Ich schmiede Pläne, die Vorfälle in einer Kurzgeschichte zu ordnen. Allerdings traue ich mich noch nicht, möchte abwarten, wie der Besuch verläuft.

Dann kommt am Freitag vor dem geplanten Besuch ein neuer Anruf. Es gab einen weiteren Schlaganfall. Und diesmal bittet Mama darum, dass wir als Enkel ebenfalls direkt zu Oma kommen. Ganz plötzlich steht der Tod im Raum, nicht nur als eine fiktive Gestalt, als eine Möglichkeit, sondern er ist real und präsent und erdrückend. Sein Umhang ist aschgrau und verhüllt jegliche Merkmale. Die Schatten unter der Kapuze sind geschlechts-, gesichts- und alterslos. Mein Körper fühlt sich leer an, ohne jede Emotion, während mein Kopf zu vollgestopft mit Gedanken ist.

Ich desinfiziere mir die Hände am Eingang zur Intensivstation und eine Schwester lässt mich ein, zeigt mir den Weg. Oma liegt auf dem Rücken, die Augen geschlossen, aus ihrem Mund kommt ein Schlauch. Die piependen Geräte neben ihrem Bett und ihre Zunge, die ein kleines bisschen zu weit über die Unterlippe ragt, sind das Einzige, was verrät, dass das hier ernst ist. Warum der Tod neben ihrem Bett steht.

Meine Mutter ist schon da, hält die Hand ihrer Mutter und spricht mit ihr. Nein, nicht nur das. Sie spricht auch mit mir, als könnte Oma jedes Wort hören. Sie teilt mir mit, was passiert ist, aber es ist nur die Hälfte von dem, was ich von Papa erfahren habe. Als würde sie mehrere Stunden des Verlaufs überspringen.

Ich runzele die Stirn. »Papa meinte, nach dem ersten Schlaganfall gab es noch die Hoffnung auf Erholung. Aber der zweite jetzt hätte –«

Meine Mutter guckt plötzlich angespannt, versucht mir mit Mimik und Gestik eindringlich etwas zu verstehen zu geben. Leider verstehe ich nichts, außer dass es irgendwie um Oma geht und ich nicht weiterreden soll. »Nicht hier«, flüstert sie schließlich, als ich sie immer noch ratlos ansehe. Sie möchte Oma nicht beunruhigen, möchte ihr keine Angst machen, indem sie erfährt, wie es wirklich um sie steht.

Und das ist das Paradoxe an der Sache: Der zweite Schlaganfall hat dafür gesorgt, dass die linke Gehirnhälfte angeschwollen ist. Auf der MRT-Aufnahme ist wohl fast alles dunkel. In anderen Worten: Der Teil des Gehirns, der für das Sprechen und Sprachverstehen zuständig ist, ist höchstwahrscheinlich nicht mehr funktionsfähig, vermutlich sogar bereits abgestorben.

Wenn Oma noch in diesem Körper ist, wenn sie über die potentiellen Schmerzen hinaus noch denken kann – dann nicht mehr in Worten. Falls sie Mama versteht, dann versteht sie nicht mehr, was sie sagt, sondern nur noch ihren Tonfall. Es ist nicht nötig, Omas Zustand vor ihr zu verheimlichen.

»Willst du auch mal ihre Hand streicheln?« Meine Mutter reicht sie mir und ich halte sie fest, fahre mit meinen Fingern über ihre. Sie fühlen sich stark an, nach Gartenarbeit, nur die Haut ist so dünn, als könnte sie jeden Moment reißen. *Papieren*, wird es gerne in Büchern beschrieben und es stimmt. Ich muss an Pergament denken, Schriftrollen aus gegerbter Haut. Der Tod beobachtet mich von der anderen Seite des Bettes aus und ich fühle mich schlecht, weil ich wieder nur ans Schreiben denke, wieder die Situation nur abstrakt und von außen betrachten kann.

»Krabbel ruhig den Arm«, fordert mich meine Mutter auf. »Vielleicht kann sie das spüren.«

Ich tue, was sie sagt. Nicht, weil ich glaube, dass es Oma hilft, denn auch der Tastsinn, das Körperempfinden sitzt in der linken Gehirnhälfte und ist damit aller Wahrscheinlichkeit nach nicht mehr präsent. Ich tue es, weil ich hoffe, dass es Mama hilft. Weil ich nichts anderes tun kann. Wir funktionieren zu verschieden. Während sie in Momenten wie diesen alle Emotionen zu bündeln scheint, gehen sie mir einfach aus und ich werde nur noch zur Denkmaschine, zum bloßen Transportgefäß für meinen Verstand. Ich kann ihr nicht das geben, was sie braucht, und sie mir nicht das, was ich brauche: jemanden, der mit mir ehrlich die Lage bespricht.

Wenigstens kann ich sie überreden, in die Cafeteria des Krankenhauses zu gehen und zu essen. Ein bisschen nützt ihr meine Anwesenheit also doch.

Manchmal bewegen sich die Augen unter den geschlossenen Lidern. Manchmal zuckt ein Bein oder eine Hand. Manchmal bewegt sie den Mund, als würde der Schlauch sie stören, ihr vielleicht sogar wehtun. Es könnte auch sein, dass sie Schmerzen hat, jedoch nicht mehr in der Lage ist, das auf irgendeine Weise zu zeigen. Die Krankenschwester hat vor mehreren Stunden das Schmerzmittel über den Venenkatheter abgedreht. Es ist ein Test, denn ohne Schmerzmittel müsste Oma eigentlich aufwachen. Doch sie öffnet nicht die Augen, wenn man mit ihr redet, und drückt nicht die Hand, wenn man sie darum bittet. Nach dem ersten Schlaganfall hat sie darauf noch reagiert.

Während ich auf die Rückkehr meiner Mutter warte, frage ich mich, wie viel von Oma noch da ist? Oder anders: Von dem, was noch da ist, wie viel ähnelt es noch Oma? Selbst wenn sie die körperlichen Folgen des Schlaganfalls überlebt, wäre sie dann noch sie selbst? Und würde sie das wollen, ein Leben, bei dem sie nur noch halb sie selbst ist?

Vielleicht ist es ein unwichtiger Gedanke, aber mir wird klar, dass es mindestens in einem Punkt kein Zurück gibt: Wenn ihr Sprachzentrum beschädigt ist, dann heißt das auch, dass sie keine Geschichten mehr lesen kann. Und obwohl Oma zwar weiß – wusste? – dass ich schreibe, hat sie nie etwas von mir zu lesen bekommen, weil mir bewusst war, dass sie mit Fantasy nicht viel anfangen konnte. Trotzdem trifft mich die Endgültigkeit. Nicht, weil sie meine Geschichten nie kennengelernt hat, sondern weil sie mich – diesen Teil von mir – dadurch nie ganz kannte. Ich habe es versäumt und jetzt ist es nicht mehr rückgängig zu machen.

War ich dir zu weit weg, Oma? Ich würde sie gerne dazu ausfragen, kann mir jedoch nicht einmal gedanklich vorstellen, es zu tun. Oma und Mama sind sich in vielen Dingen unglaublich ähnlich – und sie würde, ebenso wie Mama, nicht ganz ehrlich antworten, wenn sie wüsste, dass sie dadurch die Gefühle ihres Gegenübers schonen könnte.

Ich blicke zum Tod auf der anderen Seite, reglos und schweigend, und stelle fest, dass er mit mir auf einer Höhe steht, in der Mitte des Bettes. In den Geschichten, die ich kenne, hat er immer eine eindeutige Meinung, stellt sich unmissverständlich an das Kopfende des Bettes, um Überleben zu signalisieren, oder an das Fußende fürs Sterben. Er steht nie ... dazwischen. So wie ich, neben Omas Hüfte, mit ihrer Hand in meiner.

Hat er sich bisher nicht entschieden? Kann ich ihn beeinflussen?

»Sie wird in einem Monat erst achtzig«, sage ich vorsichtig, probehalber. »Sie hat doch noch Zeit.«

Der Tod sagt nichts, er bewegt sich nur leicht, sodass der Stoff seiner Kleidung leise raschelt.

»Sie war immer die selbstlose Hilfe, die jederzeit zur Stelle war«, erkläre ich ihm. »Die Schallplatten mit Märchen für mich heraussuchte, wenn ich als Kind zu Besuch war, oder sich ohne Zögern in den nächsten Zug setzte, wenn ich krank war und meine Eltern arbeiten mussten. Sie ...« Ich sehe auf Omas Hand hinab. »Eigentlich kenne ich sie kaum«, gestehe ich dem Tod leise. »Nicht sie als Person. Sie hat nie überlegt, was sie selbst will. Sie hat immer das getan, von dem sie glaubte, was *alle anderen* wollen.«

Was waren ihre eigenen Wünsche, ihre Ziele? Wenn sie selbst mit dem Tod verhandeln könnte oder mit uns Angehörigen als Vermittler – wofür würde sie plädieren? Dass wir es versuchen oder dass wir die künstliche Beatmung abstellen? Denn dann würde ihr über kurz oder lang die Kraft ausgehen, selbst weiter zu atmen.

Ich weiß es nicht und das Gewicht von all diesem nicht vorhandenen Wissen drückt mir schwer auf die Schultern.

»Ich bin ein bisschen sauer auf sie«, gebe ich zu. »Wenn wir ehrlich sind, waren die Schlaganfälle doch nur eine Frage der Zeit. Sie hat sich immer nur um andere gekümmert. Erst um ihre fünf Kinder, dann um ihren kranken Mann. Sie hat sich quasi aufgebraucht. Sich buchstäblich für andere aufgeopfert, anstatt einmal für sich selbst zu sorgen.« Ich merke, dass ich mich in Rage rede, aber ich kann mich nicht aufhalten. »Opa hat sogar erzählt, dass sie ihn erst vor ein paar Tagen zum Arzt gebracht hat und dabei selbst diejenige war, die zu kurzatmig war und es beinahe nicht bis dorthin geschafft hätte. Aber anstatt dann auch gleich vorzusprechen, hat sie lieber gar nichts gesagt! Das ist doch einfach nur – dumm!« Das Wort tut mir sofort leid und doch kann ich es nicht zurücknehmen, denn es ist genau das, was ich denke.

Ich sehe den Tod an und ich habe das unheimliche Gefühl, dass der Tod aus dem Nichts unter seiner Kapuze zurücksieht. Darauf wartet, dass ich weiterrede.

Oder vielleicht auch nicht. Vielleicht ist ihm alles egal.

»Sie hatte Bluthochdruck und schlimmere Insulinwerte als Opa und man hätte etwas tun können, wenn sie sich nur rechtzeitig hätte untersuchen lassen«, füge ich hinzu und glaube mich zu erinnern, dass sich meine Mutter mit meiner Oma deswegen sogar schon einmal gestritten hat. »Aber sie hat ihre eigene Krankheit lieber ignoriert.« Weil sie die Aufmerksamkeit nicht wollte? Weil es anderen – meinem Opa schlechter ging und es ihr wichtiger war, sich um ihn zu kümmern?

Omas Hand zuckt und plötzlich ist mir das alles zu real, zu echt. Es riecht nach Desinfektionsmittel und Gummi, die Beatmungsmaschine zischt rhythmisch, die Geräte piepen und über den Flur eilen immer wieder hastige Schritte. Plötzlich bin ich mir sicher, dass Oma ihr Zustand nicht gefallen würde, wenn sie es mitbekäme. Wenn sie, die ihr ganzes Leben danach ausgerichtet hat, alle anderen zu umsorgen, plötzlich selbst diejenige wäre, die umsorgt würde. Es wäre kein Zustand, mit dem sie glücklich werden könnte. Es würde ihr die gesamte Identität rauben.

Meine Mutter kommt wieder und ich mache den Platz für sie frei, übergebe ihr wieder Omas Hand. Ohne es zu merken, habe ich mich zum Fußende des Bettes bewegt.

In den Wochen danach ist der Tod mein ständiger Begleiter. Manchmal ist seine Anwesenheit vorhersehbar: wenn der Termin für die Beerdigung festgelegt werden muss. Wenn entschieden wird, welche Worte auf den Trauergestecken stehen sollen. Wenn wir überlegen, wie wir Opa am besten zum Friedhof bekommen, obwohl er doch so schlecht gehen kann.

Aber manchmal ist der Tod unvermittelt da, sitzt plötzlich neben mir auf dem Sitz im Bus, obwohl ich nur aus dem Fenster geschaut habe. Er sitzt einfach nur da, still und ruhig, und ist damit genauso wie ich. Ich würde gerne weinen, aber ich kann es nur, wenn ich meine Mutter weinen sehe, weil ich dann automatisch mit ihr fühle. Ich würde gerne darüber schreiben, um meine Gedanken zu sortieren, um all das zu verarbeiten, aber es fühlt sich falsch an. Vielleicht weil ich darüber nachgedacht hatte, es in eine Geschichte zu verpacken, und es daraufhin noch viel schlimmer wurde.

Erst auf der Beerdigung bricht die Stille in mir und die Emotionen kommen zurück. Es liegt an dem Foto, das Mama von Oma rausgesucht hat, und an den Kerzen, die wir davor entzünden und die mich schmerzhaft an Weihnachten erinnern und dass Oma immer dabei war und so gerne gesungen hat. Es liegt aber auch an der Rednerin, die Omas Leben zusammenfasst und mir damit doch ein paar Bruchstücke von der Frau gibt, die ich so nicht kennengelernt habe. Und an diesem einen Satz, den die Rednerin sagt und der mein ganzes, gestürztes Bild wieder gerade rückt: »Sie war im Umsorgen und Sich-Sorgen glücklich.«

Plötzlich kann ich ihr verzeihen.

Und mir auch, denn ich bin im Schreiben glücklich.

Anhang

Danke

... an Ela Bellcut. Ich kann dir nicht oft genug sagen: Ich weiß nicht, wo ich mit Schreiben und Veröffentlichen wäre ohne dich. Wahrscheinlich irgendwo verschollen und hilflos im Büchermeer.

... an Martin. Du bekommst meist die schlimmste, weil noch vollkommen rohe Fassung der Geschichten zu sehen und erträgst es trotzdem tapfer. Danke, danke, danke für all deine Anmerkungen und Gedanken!

... an meine beste Freundin Maria. Für all die gemeinsamen Träume, die uns überhaupt so weit gebracht haben. Lass uns bitte nie aufhören, zusammen zu träumen.

... an Patrick. Für zu vieles, um es hier auflisten zu können. Aber um ein paar Auszüge zu nennen: Für das Händewärmen, wenn sie zu kalt vom Tippen wurden. Für das Anstupsen, wenn wir aus dem Zug aussteigen müssen und ich aber noch zu sehr in der Geschichte versunken bin, um es zu bemerken. Für die technische Hilfe – vom Computersystem, dem Schreibprogramm bis zum Buchsatz. Und nicht zuletzt für das Lesen meiner Kurzgeschichten, obwohl du doch gar keine Geschichten liest.

... an meine Familie. Ihr seid der Grundstein für meine Geschichtenliebe und der sichere Hafen, wenn ich einen brauche. (Und ja, Segelanspielung vollkommen beabsichtigt.)

... an zwei wunderbare Autor:innen-Gruppen, die den Anstoß und auch viel Input für einige der Kurzgeschichten gegeben haben: zum einen das Nornen-Netzwerk (»Dornen und Glas«), zum anderen die Autor:innengruppe ForumWort (»Das Geiß-lein aus dem Uhrenkasten«, »Die Unke« und »Für meine Oma«).

... an M. D. Hirt für dieses märchenhafte Cover. Du bist eine wahre Magierin.

... an Dich. Dafür, dass Du mich auf diese Reise in die Welt der Märchen begleitet hast. Märchen und Kurzgeschichten sind zwei besondere Leidenschaften von mir und ich freue mich, dass ich sie mit Dir teilen durfte. Es bedeutet mir wirklich sehr viel.

Märchenelemente

Eine kleine Übersicht über die Märchen, die in den jeweiligen Geschichten adaptiert wurden. Achtung, Spoiler möglich.

KAFFEE-CALL

Rumpelstilzchen, Kleine Meerjungfrau, Prinzessin auf der Erbse, Gevatter Tod, Rotkäppchen, Die zertanzten Schuhe, Tischlein Deck Dich

DAS GEISSLEIN AUS DEM UHRENKASTEN

Der Wolf und die sieben Geißlein

DIE UNKE

Die Unke

SO SCHÖN DIE NACHT

Die kleine Meerjungfrau

BLAU UND ROT

Blaubart

DER HEIDELBEERZWEIG

Der Heidelbeerzweig

IM KNAST

Hänsel und Gretel, Der gestiefelte Kater, Schneewittchen, Frau Holle, Rotkäppchen. Der Drache und der allwissende Erzähler stammen aus mehreren Märchen.

SCHUHLIEBE

Aschenputtel

AURA

Schneewittchen (außerdem hat Taylor eine klitzekleine Anspielung auf das Tapfere Schneiderlein und seine erfundenen Geschichten)

DREI BIENEN FÜR ASCHENPUTTEL

Aschenputtel

DAS BLAUE LICHT

Das blaue Licht

GLOCKENSCHLÄGE

Aschenputtel (und diverse andere Märchen mit »... und sie lebten glücklich bis an ihr Lebensende«-Moral)

ELIS

Die Schöne und das Biest

PAARTHERAPIE

Schneewittchen, Dornröschen, Der Froschkönig, Die Schöne und das Biest, König Drosselbart, Aschenputtel

DORNEN UND GLAS

Dornröschen, Schneewittchen (und diverse andere Märchen, in denen eine Prinzessin auf ihren Retter wartet)

PLAGE

Der Rattenfänger von Hameln

ÜBER DEN UMGANG MIT FUTTERGEBERN

Drachen (aus diversen Märchen)

FÜR MEINE OMA

Gevatter Tod

Dazugehörige Veröffentlichungen

Manche der hier veröffentlichten Texte haben bereits in anderen Büchern ein Zuhause gefunden und können dort, in guter Gesellschaft anderer unterhaltsamer Geschichten, gerne ebenfalls nachgelesen werden. Dazu zählen:

DAS GEISSLEIN AUS DEM UHRENKASTEN & DIE UNKE

Anthologie »Fremd! Jede Geschichte hat zwei Seiten«, gemeinsame Anthologie der Berliner Schreibgruppe ForumWort (Independent Bookworm Verlag, 2019, ISBN: 978-3956811364)

IM KNAST

Schreibwettbewerb »Schöne deutsche Sprache« der Neuen Fruchtbringenden Gesellschaft zum Thema »Märchenhaft! Sagenhaft! Fabelhaft!« (Veröffentlichung des Textes in dem Programmheft zur Lesung der Wettbewerbspreisträger, 2010)

DREI BIENEN FÜR ASCHENPUTTEL

Anthologie »Bienen oder die verlorene Zukunft«, Ausschreibungsanthologie (Art Skript Phantastik Verlag, 2020, ISBN: 978-3-945045-41-1)

PAARTHERAPIE

Anthologie »Verirrte Prinzen und bockige Prinzessinnen«, Ausschreibungsanthologie (Chaospony Verlag, 2019, ISBN: 978-3-947682-03-4)

PLAGE

Anthologie »Dunkle Federn, scharfe Krallen«, Benefiz-Anthologie herausgegeben von Mika Krüger (Books on Demand, 2021, ISBN: 978-3754341902)

FÜR MEINE OMA

Anthologie »Von Höhenflügen und Abstürzen: Himmelhoch – Abgrundtief«, gemeinsame Anthologie der Berliner Schreibgruppe ForumWort (Periplaneta Verlag, 2021, ISBN: 978-3959962155)

Inhaltswarnungen

Bitte beachte, dass die Liste keinen Anspruch auf Vollständigkeit hat.

KAFFEE-CALL

Tod, Krankheit (Covid-19)

DAS GEISSLEIN AUS DEM UHRENKASTEN

körperliche Gewalt, psychische Gewalt, Tod (von Kindern), Blut, Krankheit

DIE UNKE

erwähnte körperliche Gewalt, Blut und Verletzungen

SO SCHÖN DIE NACHT

Tod, Entführung, Suizid

BLAU UND ROT

körperliche Gewalt, psychische Gewalt, Blut, Krieg, Angst

DER HEIDELBEERZWEIG

Tod, Krieg, körperliche Gewalt, psychische Gewalt, Prostitution

IM KNAST

Tod, Mord, Vergiftung, sexuelle Belästigung

SCHUHLIEBE

–

AURA

Krankheit (Epilepsie), Mobbing

DREI BIENEN FÜR ASCHENPUTTEL

–

DAS BLAUE LICHT

körperliche Gewalt, psychische Gewalt, Gewalt innerhalb der Familie, Entführung, Visionen, Gedächtnisverlust, Vergewaltigung, Trauma durch sexuelle Vergewaltigung

GLOCKENSCHLÄGE

–

ELIS

Krankheit (Hypertrichose)

PAARTHERAPIE

sexuelle Belästigung, erzwungene Ehe

DORNEN UND GLAS

Krankheit (Derealisation), Realitätsverlust, Belästigung, Spinnen

PLAGE

(qualvoller) Tod von Tieren, aktive Tötung von Tieren, Visionen von Geistern, Blut, Gewalt, Entführung

ÜBER DEN UMGANG MIT FUTTERGEBERN

Verfütterung von Tieren, Tod

FÜR MEINE OMA

Verlust von Angehörigen, Krankheit (Herzinfarkt, Schlaganfall)

Über die Autorin

Anne Danck, geboren 1991 und aufgewachsen in Berlin, war von jeher von zwei Dingen fasziniert: vom Schreiben und von der Biologie. Letzteres führte sie zum Studium aus Berlin fort und anschließend zurück, wo sie als begeisterte Verhaltensbiologin promovierte. Das Schreiben wiederum ist die tägliche Therapie, die ihr beim Sortieren der Gedanken hilft. Mit fünfzehn Jahren erhielt sie ihre erste Auszeichnung für eine Kurzgeschichte, es folgten diverse Veröffentlichungen in Anthologien, darunter auch die »Anthologie Noir 1«, die mit dem Deutschen Phantastik Preis 2019 ausgezeichnet wurde. Ein wiederkehrendes Thema in ihren Geschichten sind Märchen, auf den Kopf gestellt und aus anderen Blickwinkeln beleuchtet. Ihr Roman-Debüt »Spielmannsbraut« erschien 2021 im Drachenmond Verlag.

Instagram: @annedanck
Website: annedanck.de

Spielmannsbraut

*»Ich würde mich nicht unterordnen, nur weil mir irgendjemand
einen Ring auf den Finger schob! Er wollte meinen Gehorsam? Er
würde ihn sich erkämpfen müssen.«*

Prinzessin Mirelle soll verheiratet werden – und das schnell,
bevor sich ihr nacktes Bad im Fluss als Skandal herumspricht.
Doch sie ist nicht bereit, sich dem Willen ihres Vaters zu fü-
gen. Sie schlägt alle Freier in die Flucht mit der einzigen Waffe,
die sie besitzt: gut gezieltem Spott. Nur nutzt es ihr nichts. Zur
Strafe muss sie einen Bettler heiraten, der sie zu Demut erzie-
hen soll. Kaum hat Mirelle den Ring am Finger, sinnt sie auf
Rache an ihrem Vater – und an ihrem neuen Ehemann. Da kann
er sie noch so faszinieren ...

Einzelband, Drachenmond Verlag 2021
ISBN: 978-3-95991-578-6
Klappenbroschur, 288 Seiten

Dunkle Federn, scharfe Krallen

Klauen, Pfoten, Krallen. Gefiedert, geschuppt, mit weichem Fell.
Treue Gefährten oder unnahbare Fremde?

Sie leben mit dir oder völlig im Verborgenen, sind Seelenverwandte, bewunderte Schönheiten oder verfluchte Plage: Tiere begleiten uns Menschen seit Beginn unserer Geschichte. Was haben sie zu erzählen? In sieben fantastischen Geschichten laden dich Katze, Hund, Schlange, Rabe, Waschbär, Affe und Ratte ein, auf ihren Pfaden zu wandeln. Doch Vorsicht, nicht alle Wege verlaufen im Licht. Traust du dich, mit ihnen zu gehen?

Benefiz-Anthologie, Hrsg. Mika Krüger
mit Texten von Anne Danck, Stella Delaney, Luga Faunus,
Claudi Feldhaus, Juliet May, Anne Zandt und Mika Krüger

alle Einnahmen gehen an Stark für Tiere e.V.

BoD – Books on Demand 2021
ISBN: 978-3754341902
Taschenbuch, 198 Seiten